Délire à bord

ISBN 2-84141-114-1

Imprimé en France

Benoît Landais

Délire à bord

Editions l'ANCRE DE MARINE
4, rue Porcon-de-la-Barbinais
Saint-Malo
35400
France

La mer donne
d'une façon générale
naissance à un
type de vie spécial.
Hegel

Une chose au moins est certaine,
l'eau et la folie
sont liés pour longtemps
dans le rêve de l'homme européen.
Foucault

À nous,

CHAPITRE PREMIER

La marée basse avait dressé la muraille du quai. Debout au sommet du rempart, je chassai d'une pichenette une pièce de dix centimes posée sur l'ongle du pouce. Elle plongea en contre-bas vers une immense baignoire de plastique blanc, la nacelle d'un catamaran. La pièce tourna sur elle-même avant de faire sonner l'aluminium de la barre à roue. Chanceux! La manière de s'annoncer devenait élégante. La pièce avait encore ricoché avant de s'immobiliser dans un recoin du cockpit, rendant un son mat.

Henri m'accompagnait, il me livrait plutôt. « Pieds, poings liés », disait-il, pour éviter que la généreuse hospitalité accordée la nuit précédente ne se prolonge. Il prétendit que nous étions gonflés : « T'as entendu le bruit que ça a fait? Et t'as confiance? Même pour un cercueil, ça semble un rien mince. On dirait que c'est à usage unique. »

Sous les Tropiques, un mois plus tard, j'ai retrouvé la pièce toujours prisonnière de son recoin. Je ne saurais plus dire, de pile ou face laquelle était sortie, je m'en étais pourtant amusé, comparant le côté encore luisant, à l'autre mangé d'oxyde. Si, au hasard des vieilleries qui remontent du fond des boîtes où croupissent mes gris-gris, ces dix centimes refont surface, je ne manquerai pas d'interrompre le fil du récit pour préciser s'ils ont traversé l'Atlantique face contre abysse ou bien si, au contraire, le vert de gris avait rongé pile.

Vingt pieds sous nous, deux têtes hirsutes ont fleuri l'embrasure du carré. Le tintement avait arraché Steph et Chu à leur bien tardif petit déjeuner. Leur cercueil était un catamaran flambant neuf. Il avait cet air râblé que prennent les voiliers observés sous soi du haut d'une grue, d'un pont, d'une pomme de mât. Il avait l'exiguïté que j'imagine au drap salvateur tenu par une équipe de pompiers. Les deux trognes mal rasées, celles de marins dont on trouble la fausse quiétude, se sont muées en bouilles hilares. Elles nous ont fêté comme se fête la relève. Nous n'apportions pourtant que deux maigres bras d'appoint, les miens.

Depuis vingt jours, les commentaires alarmistes des météorologues les retenaient amarrés court au quai d'un port désespérément désert, humide et froid. Pour lester les propos des prévisionnistes et justifier *a posteriori* l'attente, trois furieuses tempêtes – dont celle qui fut dite « du siècle » – avaient balayé côtes, arbres et toitures de la

France entière. Chu et Steph ont secoué nos mains comme si elles leur annonçaient les calmes.

J'avais en poche le bulletin de l'aéroport de Cambier, la nouvelle donne était tout de même très noire : neuf annoncés, localement dix, renouvelables, sur tout le grand piège qu'est le golfe de Gascogne. Pour les navires hexagonaux! Les navires pavoisant sous d'autres régimes fiscaux préfèrent dire : Golfe de Biscaye.

Nos hôtes ont accepté de devenir les nôtres pour aller grand-déjeuner sous la condition que nous acceptions de faire, d'abord, honneur au café du bord. Ce préalable devait leur permettre de régler le compte de trois miettes d'un petit déjeuner qu'il aurait été dommage de laisser perdre. Henri fit exception, il se refusa à ingurgiter. De déplaisants aléas gastriques l'avaient jadis poussé à faire, en secret, le serment de ne plus jamais consommer que dans des endroits rigoureusement immobiles. Il s'y tenait.

Attablés dans l'un des rares snack-bars de Nori ouverts ce midi-là, Steph et Chu nous ont conté leurs deux mois de déboires. Le bateau insuffisamment préparé, le faux départ, un mât couché, puis coulé, au nord de l'Espagne, le retour avec un bateau sans pare-brise, le pied de grue sous le pont de la Gedanne, les équipiers découragés et finalement démissionnaires – ou démis – la météo détestable. Ils ne restaient que deux.

Steph, skipper mandaté pour le convoyage, se désespérait des avatars. Il soulignait à chaque fois leur incidence sur les dépassements d'honoraires et leur agaçant mépris pour les échéances du calendrier. Il énumérait les graves questions qui l'avaient conduit à un doigt de renoncer – tant il est sage de ne pas s'entêter quand tout se ligue contre soi. Maintenant, il se sentait de nouveau sûr de lui.

Chu, équipier, avait décidé de franchir l'océan. Il était venu pour ça, eût-il dû ramer ou faire une partie du voyage à pied, il n'aurait pas pour si peu renoncé. L'occasion s'était présentée, il s'en était saisi comme le singe de la boule. Aussi mal emboîtées que les choses l'étaient, il refusait de la lâcher. Bénévole à bord depuis deux mois – « Depuis le départ » précisait-il – la plaisanterie lui coûtait les yeux de la tête, mais il allait aux îles, pour voir, bien sûr, par sainte haine de l'hiver aussi. Porter plus qu'un tee-shirt l'entravait dans ses mouvements, la bruine le défrisait. Décaniller au plus tôt serait le mieux, pour l'heure il se les gelait, son ennemi avait un nom : Février.

De retour à l'engin de mer, avant de nous abandonner à notre piteux devenir, Henri se crut tenu de noyer la barge de ses critiques : une caravane instable à peine plus solide que la bruyante, et fragile, poubelle, le cageot sur lequel il avait inconsidérément risqué sa vie à mes côtés dans les mers du Sud. Il n'avait pas de conseils à donner, mais il estimait qu'il n'était pas trop tard pour déclarer forfait : « Si je n'étais que vous… » A l'heure de serrer les louches, il fit mine d'hésiter entre : « à dans deux jours… avec ça vous ne devriez pas dépasser la balise de Rahon » et « Salut, c'est sans doute la dernière fois que nous nous voyons, vous perdez quelque chose, mais c'est grand de savoir choisir son destin ». Finalement, pour faire bonne mesure, il nous servit les deux, plus des poignées de mains fraternelles. Les pneumatiques de sa Torpédo firent crisser les graviers du terre-plein de la Capitainerie, une main d'adieu dépassa de la vitre ouverte.

Soudain nous fûmes trois, trois autour de mon sac de frusques, trois pour l'Atlantique. Il n'y avait rien à dire, rien ne fut dit. L'instant où les individualités se soudent en un équipage ne se choisit pas, il est toujours solennel, bref. Seul le silence sied au violent et nécessaire *à la vie à la mort,* que les marins se jurent tacitement. Eux savent que terre et mer ne formeront jamais une même planète.

Chu et Steph, de dix ans mes cadets, ont empoigné mes hardes avec l'insolence courtoise à laquelle ouvrait droit leur fringante trentaine. Nous avons descendu les marches bruyantes de l'escalier royal en aluminium menant aux catways, celui qui remplace l'échelle aux barreaux toujours scellés dans les enfonçures de la muraille. Barreaux gluants et glissants, fers rouillés poisseux de sel et de fuel, discrets vestiges du premier test que subissaient les marins de jadis. L'accès à la mer était refusé aux maladroits, aux nantis de trop opulentes bedaines, aux ivres morts.

On m'affecta à la cabine arrière du flotteur tribord, la meilleure. Juste au-dessus d'un moteur, certes, mais la traversée devant s'effectuer sous voiles, je n'avais à redouter que le tourment des rappels d'une poulie d'écoute de spi. Je crus l'entendre battre quand, ouvrant précipitamment mon sac pour mettre le barda à l'aise, une boucle claqua sec sur le montant d'un équipet.

Ma cabine jouxtait celle, plus vaste, du capitaine. Chu, exilé bâbordais, résidait dans le cagibi symétrique du mien. Le désagrément des miaulements du moteur du pilote automatique, situé à vingt centimètres à vol d'oiseau de son oreiller, devait être compensé par l'avantage de toilettes au bout de son boyau. Un flotteur pour lui tout seul convenait à son individualisme, il avait préféré cette commodité.

J'étais à bord pour le plaisir, l'agrément, invité pour des vacances. Au vingt-neuvième salon nautique international de Paris, où, juché sur un strapontin je dédicaçais l'excellent et semi-confidentiel récit d'une circumnavigation bouclée naguère, Steph avait, l'espace d'un instant, fait faux bond à la clientèle plaquée or et platinée à qui il louait le luxe vrai d'un catamaran neuf. Armé d'une question aussi abrupte qu'incontournable, il avait sans façon remonté la longue caravane des dédicataires, pour me distraire un instant de mon ouvrage :

— Que fais-tu vers Noël?

Les projets dépendant de leurs attraits respectifs, je répondis prudemment que j'escomptais naître, mais que rien n'était définitivement arrêté quant au lieu. Il avait sorti son joker :

— On vient de me confier le convoyage d'un catamaran aux Antilles. En serais-tu?

— Crédieu, que ne le disais-tu d'emblée. Va pour trois petites semaines, mais je viens les mains dans les poches. Tu téléphones, je suis ton homme le surlendemain. Soit France-Canaries, soit Canaries-Antilles, avec un petit faible pour l'option du large, la seconde, la douce.

L'équipage au complet, ils avaient mis à la voile avec retard, me donnant rendez-vous là-bas, aux *Hespérides,* ces *Iles Fortunées*, aujourd'hui *Canaries*, « découvertes » par Bétancourt qui n'y massacra pas l'autochtone. L'avarie au Nord de l'Espagne avait distribué d'autres cartes, Artaban n'y mena pas ses passagers. Je fus un temps sans nouvelles.

Vu de satellite, *Artaban,* retourné à la case départ, est un point blanc sur la lèvre supérieure du sourire de l'estuaire de la Gédanne. Le temps s'est comprimé, nous sommes à la veille de partir droit devant nous en shuntant les îles, le conseil de guerre vient d'en décider ainsi. Le premier volet de notre plan d'évasion est, purisme en veilleuse, de nous précipiter, voiles et moteurs, dans la première trouée entre deux coups de chien. Chu à froid et s'en plaint.

Je ne connaissais pas cet oiseau. Il m'était apparu d'emblée « trop maigre pour être malhonnête » et trop nerveux pour ne pas être tenace, cela convenait. Steph me l'avait présenté comme : « un copain avec qui j'ai déjà navigué, il touche ». Vieux réflexe syndicaliste, je n'avais rien demandé de plus, préférant me dispenser des appréciations des contremaîtres sur les aptitudes de mes collègues de travail, ou, plus élégamment, les marins ne s'embarrassent guère de ce genre de préoccupations, à tort.

De fait, j'ai eu un doute en inventoriant leur matériel de pêche, ils s'étaient équipés comme pour taquiner le gardon. J'ai couru réparer l'erreur. Embarquer sur un rafiot dont le mât choit à la première quinte de *Zéphyr* suppose au minimum d'assurer l'intendance *ad vitam æternam*. J'avais lu qu'en scarifiant le dos des baleines on pouvait récupérer de l'eau pratiquement potable. Je voulais pouvoir en pêcher autant que de besoin.

L'homme de la *Boutique du pêcheur* ne possédait pas en stock les articles que je recherchais. Il vendait en revanche du fil de nylon. Je dus opter pour une résistance. Les tubes du balcon arrière me paraissant conçus pour encaisser sans dommage une traction d'une tonne, j'ai demandé neuf cent quatre-vingt-dix kilos. J'ai eu du deux cent cinquante livres, c'est plus fin qu'une allonge électrique, à peine. Pour les hameçons, j'ai pris sous l'étiquette « inox forgé » dans le dernier casier au fond à droite, juste avant celui des ancres.

Un dernier détour me conduisit au bureau de tabac pour les médicaments, et à la pharmacie pour une provision de drogues de taille à juguler l'imminent assaut infectieux que m'avait promis, et préparé, ma très médiocre dentiste. Au courant de mes projets, elle m'avait opposé « Je ne vous laisse pas partir! » J'avais quitté sa chambre de torture avec de stupéfiantes justifications d'arracheuse et, en poche, une ordonnance d'antibiotiques propre à enrayer sur un continent la prolifération des staphylocoques qu'elle élevait. Un jour, je tuerai un dentiste, « pour encourager les autres ».

Paré pour le farniente, regagnant le bord, je longeai le quai accomplissant de doubles ou triples sauts périlleux arrière chaque fois que me venait l'image de l'imminent départ. J'exagère, mais dans mon pull de laine à grosses mailles, dans mon gros pull d'ours blanc, je me sentais tout aussi invincible que lors des premiers pas après le laçage de chaussures de montagne. Les deux pouces levés, poings serrés l'un contre l'autre, je me surpris, sautillant et souriant seul, à faire le signe du bonheur. Trois semaines de pures délices à faire avancer un bateau censé avancer seul.

« Mes Seigneurs, saurais-je vous être agréable? Que puis-je pour vous être utile? » Je m'entends encore proposer ainsi mes services. Cela présentait l'avantage de respecter l'homogénéité de l'équipe que j'intégrais et de préciser le rôle mesuré que j'entendais jouer à bord.

Aucun capitaine digne de ce nom n'attend jamais une proposition de service, il donne ses ordres, se méfiant comme du scorbut des offres de désœuvrés.

Aurais-je mieux dû me taire? On m'envoya, nanti de deux numéros de téléphone à huit chiffres, questionner en détail les services météo quadrillant la zone. Cela ne me plaisait qu'à-demi. La météo est l'impalpable savoir et, moins le savoir est palpable, plus il est lourd de responsabilités.

Je n'entends pas grand chose aux phénomènes atmosphériques. À même de prédire, en Beauce, le temps d'une heure sur l'autre sous un anticyclone stationnaire déployé du Brésil à l'Ukraine, je deviens moins faraud, plus perplexe, prudent, quand les courants perturbés se succèdent avec célérité dans un train dépressionnaire. Quitter le flanc sud-ouest de l'hexagone pour le chapelet d'Antilles suppose une route plein Ouest et, faire route plein Ouest, signifie, dans les quarantièmes et au plus creux de l'hiver, défier la gueule d'un loup. La vitesse du bateau et celle du flux perturbé se combinent adroitement pour précipiter les échéances du destin.

Le météorologue fut charmant. C'était une dame. Elle semblait dominer son sujet. Elle lisait au cœur des masses d'air et me dessinait un avenir sombre. Notant tout, mais cherchant à échapper à mon misérable sort, je guettais, pour l'interrompre, une accalmie des éléments qu'elle semblait déchaîner. Je parvins à glisser que je ne dirigeais pas une armada prête à jaillir de toutes les caches du littoral pour couler bas ce que l'océan charroie de chalutiers pirates espagnols. Notre propos était des plus modestes. Si elle avait en magasin un corridor protégé pour un audacieux petit bateau de plaisance vif et maniable qui rêve de doubler sans avanie la pointe ouest de l'Espagne, j'étais preneur.

La Reine des Vents sut se passionner pour le problème de pico-météorologie que je lui soumettais. La vigueur de son : « Où êtes-vous? » en fut la preuve tangible. « Dans une cabine téléphonique… » s'abîma dans un désastreux silence. Je me sentis contraint de préciser, « … Vous voulez le numéro de la cabine pour me rappeler? » Le silence reprit l'espace. « Pardonnez-moi d'en rire, mais vous venez de me prédire ma fin prochaine, l'optimisme est avant tout affaire de tempérament. Je n'ai pas d'exemple en tête, mais certains ont bien dû escalader l'échafaud d'un pas guilleret, je suis à Nori ». Elle voulut connaître la taille du bateau, j'ai décrit nos 70 mètres carrés en terrasse avant de détailler l'entresol.

La question suivante témoigna de l'attention que portent les Services Officiels à la sécurité des personnes et aux périls qui menacent l'amateur :

— L'équipage est -il expérimenté?

— Nous sommes trois, Moitessier, Kersauzon et moi, Poupon. Je ne sais pas exactement ce que valent les deux autres, mais nous avons fait serment de ne pas nous manger le nez.

Il lui fallut connaître la vitesse de croisière dont l'esquif était capable. Je n'eus pas le cran de lui dire à quel point sa question était rude. La réponse dépend bien moins du bateau et de nous que de la mer et du vent. Histoire d'aller vite, on peut toujours renoncer à la route et aller ailleurs, tant qu'il y a de l'eau... Quand j'eus dit qu'en tablant sur sept nœuds à quarante, quarante-cinq degrés du vent nous conservions une maigre marge, elle en sût assez pour ses calculs et me pria de rappeler sous un quart d'heure.

Je retournai à bord pour faire collection de piécettes et me munir de mon dictaphone d'espion. Les autres furent satisfaits – mais non surpris – d'apprendre que mon ferme timbre de baryton avait séduit la Pythie :

— Elle accepte d'aménager ses oracles rien que pour nous. Nous devrions obtenir un laissez-passer provisoire dans dix minutes. Si vous avez des combinaisons anti-baston, c'est l'occasion de leur faire prendre l'air.

Ma routeuse était ennuyée de nous conseiller un itinéraire tortueux qui bifurquait avec les écarts du baromètre. Il y avait au mauvais temps plusieurs évolutions possibles. Elle détailla : « Essayez demain matin, mais faites preuve de vigilance, le danger est tout de même sérieux, le vent peut atteindre dix Beaufort, temporairement onze jeudi. »

« Temporairement Onze Jeudi! » Je remerciai mon interlocutrice de tant de sollicitude. C'est si rare se d'obtenir le calendrier du bourreau. « Vous serez temporairement mort jeudi. » – Vous ne sauriez pas par hasard l'heure exacte? C'est pour le cachet de la poste. Autant que les faire-part arrivent frais. Je la remercie encore ici, tout en la félicitant de sa sagacité et en me félicitant de lui avoir fait confiance. Ce fut cependant un des nombreux rendez-vous manqués. Avec la mort, trouver le bon tête-à-tête est chose difficile. Une fois par vie au maximum. Et encore, il paraît que ce n'est pas prouvé. Du moins, tant que Socrate est mortel. Et quand il sera immortel, ça n'arrangera rien.

Je fis écouter à mes mandants les deux voix métalliques de la bande magnétique, mais pris soin de tousser en pressant le bouton « stop » pour leur épargner le désagrément de supputations déraisonnables. Je gardai mes remarques pour moi. « Peut atteindre, temporairement onze jeudi! » Onze, c'est beaucoup, mais jeudi était loin, peut atteindre, garantit qu'il n'y aura ni douze, ni quinze, quant à « temporairement », je savais d'expérience que cela signifie qu'après, il fait toujours nettement meilleur.

Le second conseil de guerre du bord choisit dans l'éventail des évolutions du temps possibles l'hypothèse qui nous était la plus favorable. Il prononça la mainlevée et adopta le principe de fêter, sobrement, à terre, notre ultime nuit. La mer résiduelle grosse, que contenaient mal les digues et qui gâchait encore le bulletin du matin, invitait au repas léger.

Steph et Chu avaient mis à profit leur repos forcé pour reconnaître la topographie des lieux et tisser quelques complicités avec l'indigène. Le choix du bar ne se posa pas et, sitôt la porte poussée, ils furent appelés par leurs prénoms. Le fait que je porte le même prénom et le même surnom que Steph n'inquiéta pas outre mesure et on ne me demanda pas de répéter.

Chu chevaucha un tabouret de bar et m'en avança un. Il était curieux de connaître ce que m'inspirait la jeune femme qui s'affairait sur nos mauresques.

Je n'eus pas besoin de lever les yeux pour vérifier. Il n'y avait rien à en penser, elle ressemblait à un authentique cadeau du Bon Dieu. Elle semblait absolument parfaite. Je dis à Chu qu'à mon avis et au vu de son trouble en présence d'une aussi avenante jeune femme, l'heure n'était pas à la tergiversation ni aux faux-fuyants, mais à l'action résolue. L'amour, le grand, le vrai naît toujours de circonstances fortuites, il faut se décider sur le champ. Il est trop tard, Brassens en a souffert, quand « on pleure, les lèvres absentes, de toutes ces belles passantes, que l'on, n'a pas su, retenir ». Son trouble ne s'apaisa pas. Il fit allusion à sa confuse certitude « d'avoir le ticket ».

Il aspira en une longue et lente bouffée, la moitié de la blonde bout-filtre qu'il venait d'incendier et cracha un djinn, dense nuage de bonheur bleu, qui m'enroba. La lente dissipation me laissa le temps d'éponger la confidence. Je déconseillai illico à Chu de rien tenter pour s'émanciper de ses derniers doutes. Le jeune homme charpenté qui siégeait en compagnie de Vénus derrière le bar, risquait d'en prendre ombrage et mon freluquet, entre plume et léger, avait tout à craindre d'un duel, fût-il nocturne. Il était par surcroît exclu de manquer le rendez-vous du lendemain avec l'éclaircie. Devant la teneur en soufre de la menace, j'insistai : Fous la paix! Nous partons demain de bonne heure dans une mer hyper-mauvaise, prends un léger bouillon, pas une goutte d'alcool, et va te coucher tout de suite, hors de quoi tu prépares la pire journée de ta misérable existence.

Chu m'expliqua courtoisement ce que je n'avais pas saisi. D'une part il ne craignait ni la mer, ni son mal, d'autre part Catherine n'était liée que par un fort modeste bulletin de salaire à l'employeur que j'avais, Dieu sait pourquoi, pris pour un collègue plus intime. La voie était libre et l'avenir serein.

Depuis quinze jours l'obsession labourait le crâne fragile de ce pauvre Chu. Il avait vu « un tas de branquignoles », dont Steph, faire du rentre-dedans à Catherine, tous s'étaient ramassé des casquettes. Pour tuer le temps que faisait sans cesse renaître le départ toujours remis, Chu avait, ainsi que son prosaïsme le résumait avait « décidé de s'en occuper ». Il s'était pris au jeu. Les yeux de la nymphe attendrissaient le chasseur. A la veille de partir s'étant montré circonspect, avisé, il arrivait sans challenger déclaré. Tout ému au seuil de l'heure de vérité, Chu voulait tenter sa chance, conclure.

Il avait envie d'être avec « Elle ». « Regarde comme Elle est belle, un super-canon, imagine comme ce serait cool ». C'est « belle et libre » qui transperçait l'âme de Chu flottant dans le brouhaha de la télévision suspendue au-dessus de la table d'hôte. Il consacra l'attention du dîner à surveiller les va-et-vient de l'objet du désir.

Catherine, radieuse, quittait sa place « au nom du service ». Elle s'en allait abreuver les quelques visiteurs du soir et revenait bientôt s'asseoir pour nous conter les ragots qu'avaient confiés les imbibés. Plus éprouvant pour Chu, elle riait bruyamment du ridicule de leur pauvre drague. Les *spaghetti bolognese* s'épuisèrent, le vin, la conversation, et finalement nous. Rendez-vous fut pris pour petit déjeuner. À quatre heures.

Dehors, Chu réclama une seconde de délai. Il souhaitait retourner dire un mot à Catherine. Un laps que le patron du bar, dont j'ai infortunément oublié le nom, mit à profit pour nous détailler les qualités de son bolide, le monstre que nous avions sous les yeux. Un dernier cri, un superbe moto-cycle sans side-car dont les chromes plastifiés renvoyaient des reflets dont il tirait orgueil. L'homme, en mille mots de casques et de cuirs, illustrait la façon dont sa « bombe » comblait sur autoroute l'imaginaire masculin, et se coulait, en ville, dans l'imaginaire féminin. Autant le dire, son monstre était censé « faire bander ». Nous le quittâmes tôt, flanqués d'un Chu sorti de la taverne en état de choc. Il ne recouvra ses esprits qu'une fois à bord où il nous fit vivre en léger différé le looping de la voie lactée.

Négligemment accoudé à un coin de comptoir, Chu avait adressé à Catherine un discret signe d'invite. Comme pour une commande, comme pour confier un secret. Elle lui avait signifié du regard de patienter le temps de satisfaire une commande et d'achever un client. Le *Combien-j'te-dois* dans la boite, *Merci*, elle était venue se casser en deux sur le comptoir. Elle s'était penchée vers Chu, comme seuls savent se fendre les *barmen* ou *maids* venant tendre une oreille à mordre dans laquelle on peut aussi laisser tomber sa commande. Mais, plutôt que de prendre appui sur le zinc, la main de Catherine, à la fois tiède et fraîche, avait préféré se coucher de tout son long sur l'avant-bras nu de Chu. Le milliard d'étoiles qui dormait là-dedans s'incendia.

« Ça ne m'a jamais fait ça! » Il entreprit de me l'exposer plus concrètement dans une mise en scène où il s'arrogeait le rôle de Catherine, tandis que, moi, j'étais simplement lui. Il jeta au diable mon insensible avant-bras dès qu'il devina à mon sourire béat qu'à des causes apparemment assez similaires ne correspondent pas fatalement des effets identiques.

Peu importait d'ailleurs que nous comprenions ou non. Le propos de Catherine était un rendez-vous pour « aller en boîte ». Chu demanda l'autorisation de sortie à son commandant. Steph, pour jouer au capitaine, grattouilla l'endroit du cou où naît la barbe. Il faisait mine d'hésiter. Il ne trouva finalement trop rien contre, pourvu que Chu fut là à l'heure du départ. Chu soudain raide, assura que rien, une femme moins que personne, qui qu'elle fut, ne l'empêcherait, lui, de traverser l'Atlantique! Pour qui le prenait-on? Quiconque le connaissait ne pouvait envisager pareille éventualité.

Steph se refit capitaine. Il crut de son devoir d'avertir Chu de l'inanité des espoirs qu'il nourrissait : « C'est une allumeuse! » Lui s'y connaissait, Chu perdait son temps :

— Elle se fout de ta gueule, elle ne baise pas, je te dis!

Chu demanda s'il restait de quoi fumer pour être bien. En toute honnêteté je ne saurais dire si leurs réserves de ramollit-bulbe étaient épuisées ou non. Chu s'apprêta. Nous fîmes le plein d'eau. Il ne nous abandonna qu'après que nous l'ayons accompagné avec ferveur tandis qu'il s'ajustait d'un nécessaire dernier petit coup de cric.

A quatre heures, Catherine, Chu et le patron de Catherine s'en revenaient de bringue avec les croissants, plus, sous poche plastique, en cadeau, des T-shirts immaculés frappés aux armes de notre estaminet de la veille. Le boss nous demanda de réserver les pompe-sueur pour une photo de famille publicitaire sur une île à cocotiers : « Tu vois ce que je veux dire? C'est pour le rade ».

Ce petit monde, légèrement raidi par le ravissement alcoolique épaulé de l'adjuvant d'un toxique voisin, semblait péter la forme tandis qu'avec Steph nous éprouvions les pires difficultés à nous défaire des faux-plis de la nuit froide et trop courte. Pour jouer aux durs, nous avons chacun tourné dans nos bols un litre de café brûlant directement avec les croissants.

La très civile offre de mixité d'équipage ayant été repoussée par la changaïable elle-même, Chu fut le seul embarqué de la bande des trois.

Quand, encore nuitamment, marée oblige, nous embouquâmes le chenal, les deux autres enfourchèrent la rutilante – et rupine – pétrolette du patron du bar pour contourner les bassins et se poster sur le promontoire d'où, sous l'éclairage d'un réverbère, s'agitent les mouchoirs de ceux qui restent. Chu, la main tendue des professionnels saluant une foule nombreuse, contenait son trouble pour adresser de sémaphoriques adieux à la silhouette de la tendre et belle de qui il avait – mais je peux me tromper – effleuré les lèvres lors du trop émouvant baiser d'adieu.

Hachant ses grands sourires, il maudissait l'homme qui nous avait gentiment offert les T-shirts : « Ce con-là, il aurait pu nous foutre un peu plus la paix, quel con! On n'a pas eu le temps! Elle et moi on voulait, j'en suis sûr, on était d'accord, on a essayé de trouver un endroit et puis on est retombé sur l'autre conard qui se fait toutes les nanas qu'il veut avec son fric et sa bécane et il a fallu qu'il nous colle au derche jusqu'à l'heure de partir ». Chu taisait avoir sans raison valable partagé avec lui une bouteille de Vodka dont il conserve un souvenir amer.

Il y eut un échange de regards meurtriers quand Steph choisit de rappeler à Chu son délicat avertissement de la veille :

— Je t'avais dit que tu perdais ton temps, qu'elle ne baisait pas ».

Première faille.

CHAPITRE DEUXIÈME

Le lent balayage des pinceaux livides de nonchalants cyclopes raclant la mer parut mettre à chaque passage moins d'insistance à nous chercher. Les phares évanouis et la nuit dissoute, nous eûmes droit à toute la gamme des gris, blêmes ou maussades, verts sales ou médiocres. Nous étions à l'aube d'un de ces jours lugubres où le jour ne prend pas la peine de se lever, un de ces jours où, réprimant un frisson, les terriens évoquent les marins pour les plaindre : « Les pauvres! »

Et encore, ceux qui sont en mer ont le grand espace pour eux seuls, un ennemi à leur mesure, de quoi s'occuper. Nous n'avions, vautré devant nous, qu'un long chenal blafard gros d'eau boueuse, un degré au thermomètre, une balise conne comme une balise, puis le devoir de guetter sa sœur, larguée au milieu d'une visibilité chagrine. L'eau informe, sous nous, nous croisait en trains de vagues mourantes. Du vent fade, vecteur d'une bruine insane, nous arrivait du large, de face. Un cliché couleur de notre espace atone passerait pour un noir et blanc vieilli, mal pris, vide de contrastes, voilé, un prototype d'erreurs techniques. Steph cherchait à établir d'impossibles liens entre les cocotiers vers lesquels nous allions et la grise mélasse alentour. Debout derrière la barre, il faisait mine d'être pour quelque chose dans la montée et la descente des vagues qui nous faisaient piquer du nez trois fois de rang avant de nous abandonner dans un amorphe répit.

Chu, hâve, s'appliquait à mâcher, puis à déglutir une trop abondante salive dans laquelle il redoutait de déceler les signes avant-coureurs de l'insuffisance hépatique. « Bordel, je sens que ça monte », ça ne m'a jamais fait ça, je n'ai jamais été malade, je paie ma nuit blanche ». Sa biture surtout. Steph prétendait que ça dépendait des fois : « Je suis parfois un peu patraque au début, après, s'il faut, je rends un bon coup, puis tout va bien », mais atténuait aussitôt la portée de son propos en affirmant, sans doute pour s'en convaincre, qu'en règle générale il résistait assez bien.

Les anecdotes du trouble du premier jour de mer se succédèrent. J'attendais mon tour pour conter l'histoire d'un bateau ami sur lequel un égaré, au sortir de vingt-quatre heures consacrées à chasser de lui, dans d'incontrôlables spasmes, la plus petite particule alimentaire, avait, soudain en forme, ouvert, puis proposé à la cantonade, une boîte de tripes à la mode de Caen dont les traîtres exhalaisons avaient eu raison des efforts de dignité du reste de l'équipage.

La perfidie des mouvements de l'onde coupa court. Mes compagnons de misère s'attablèrent chacun à un des balcons arrière. Steph m'avait remis en catastrophe le soin d'une barre que je crus bloquée tant elle était pesante à manœuvrer. Chu gémissait ployé, jurant durant les pauses que, putain de merde, c'est pas possible, saloperie de gerbe, les bêtes ne sont jamais malades, jamais si malades. J'essayais la diversion : « Si ça tombe, Chu, t'es allergique au rouge à lèvres », cela l'occupa un court instant mais son mal reprit le dessus. Il se vit chien, souffrant comme tel. Steph disait son sentiment : « En tous cas, ça réchauffe ».

Mes compagnons verdâtres s'étaient évité les timbres auriculaires, les aimants et autres toxiques pour la santé ou l'esprit en lesquels les plaisanciers veulent croire. Ils ne purent cependant couper aux cachets anti-mal-de-mer qui terrassent l'homme pour traquer son mal. Chu disparut dans sa couchette pour y soigner sa surexcitation passagère des canaux circulaires de l'oreille interne, jurant qu'on ne le reprendrait plus à abuser de la sorte, à la veille de conditions épouvantables. Il avait tiré sa révérence sur un « Putain, qu'est-ce que je suis con! » que personne n'avait relevé.

« Ca va durer longtemps ce boxon? », m'avait-il demandé quelques deux heures plus tard, aussi furieux que malade, se massant le crâne au-dessus de ses yeux rouges. Il aurait aimé que je tâtasse une bosse dont il m'attribuait généreusement la paternité. Un atterrissage forcé, consécutif à un rappel de roulis, l'avait chassé de sa couchette et il prenait, de l'intérieur, sa meurtrissure pour la corne d'un rhinocéros. Je lui opposai que ce n'était peut-être que le début des excroissances boisées liées aux infidélités de sa sirène et il m'apprit que je n'étais fondamentalement qu'un jaloux. Pour ne pas être en reste je lui conseillai, pour une fois qu'il dormait seul, de s'allonger les bras en croix, divin remède anti-roulis.

Nous étions encore bien loin de la fin de son « boxon ». La mer, à trois heures de Nori, s'annonçait mauvaise, elle arrondissait le dos des vagues, lâchant, par à-coups et sans raison apparente, l'énergie de mauvaises bourrasques qui glaçaient le cœur des os.

Il y a plusieurs écoles. Se couvrir jusqu'à ne plus souffrir la morsure du froid, cela suppose au bas mot, quand il vente, mouille et gèle, huit épaisseurs de bonne qualité sur le haut avec un minimum de deux frocs pour le bas. Soit, peler de froid en se réservant la possibilité de bouger, ce qui fixe une limite de cinq vêtements superposés. Soit encore, à l'instar de Steph se blottir dans un cocon de vêtements aussi ultra-modernes que chers, donc à la mode, et ne présenter au froid qu'un tout petit écran limité au pourtour des yeux. Grelottant à l'intérieur de mes cinq couches, inutilement prêt à intervenir, je regardais Steph qui avait repris notre destinée en mains. Il trônait sur le siège de barre, un luxueux fauteuil de beauf, mal goupillé et aux angles vifs, que les premiers coups de roulis m'avaient envoyé tester. Barrer était pour Steph un médicament, il pouvait tenir la barre des heures, seul, sans manger ni dormir, il le disait les yeux agrippés à la ligne d'horizon. Sans quitter sa lamaserie, il m'enseigna obligeamment les quelques subtilités propres à l'esquif qu'il était sage de connaître pour le maniement des agrès.

Artaban était le fruit de l'idée lumineuse d'un fabricant qui avait étendu au catamaran hauturier la gamme de produits proposée à une clientèle exigeante et nantie, déjà fidélisée par la qualité composite de ses clubs de golf et ses raquettes de tennis. L'esquisse était sobre et de bon goût, euphémisme établi pour : « de luxe ». Une sobriété invitant à ni toucher, ni salir, nette comme un avant-projet de chambre d'hôtel. Je n'y avais pas encore trouvé mes marques, Chu et Steph s'y étaient fait, la chose était nette, ils étaient chez eux.

Artaban est un solide catamaran de croisière de trente-huit pieds, ou onze mètres quarante, taillé dans les résines les plus modernes, emprisonnant des fibres de verre. Dense, un peu plus lourd que le spécifiaient la documentation et les calculs de l'architecte, mais bien conçu, bien fini, de loin beaucoup plus solide que le catamaran léger – méritant trop son nom – sur lequel j'avais couru la planète deux ans plus tôt.

Le plus sérieux atout de confort de l'Artaban est son vaste carré. Ce sont certes de menus détails pour ceux qui ont le bon sens de se tenir à distance des boîtes à sardines que sont les bateaux, ils ont leur importance pour ceux qui y fuient. Rien qu'en ce qui concerne la visibilité et le confort, l'ampleur du progrès séparant les monocoques (toujours en vente libre) de l'Artaban est de l'ordre de celle qui marqua le passage de la Juva 4 bâchée à la DS 19 décapotable. Il est loisible de surveiller la mer, toute la mer depuis des sièges moelleux. Il est également possible de se tenir debout pour cuisiner ou de s'accouder à la table à cartes sans devoir renoncer aux avantages d'un point de vue panoramique.

Le cockpit de plain-pied, vaste lui aussi, bien protégé par le roof et où aboutissent toutes les manœuvres courantes – nous y ferons même, par mauvais temps, aboutir les fausses manœuvres – ne souffre aucun reproche.

Le pont, libre de tout piège, mais que le ronronnement des deux moteurs laissait inutile, m'accueillit pour une revue de détails. Je ne voyais pas de quoi les ennuis allaient se saisir pour gâcher la traversée. Tout semblait correct, hormis les grotesques rails d'écoute de foc dont la vue me contracta grands et petits zygomatiques déjà endoloris du froid.

Le gréement, encore nu, parut de taille à être manœuvré par un homme seul. Une bouffée d'impatience me fit demander l'autorisation d'incarner cet homme seul hissant la grand-voile. Steph la lui accorda. Je peinai, le winch de trop petit diamètre, le frottement des trop nombreux coulisseaux dans le rail trop neuf m'épuisèrent. Réflexion faite, mieux vaut être deux. Le grand drap établi, le luxe ressemblait à un bateau. La bôme trop basse, descendant à ras du roof, et le vent irrégulier chassant tour à tour la voile sur bâbord ou tribord, – quand le bateau avance, bâbord est à gauche et y reste quand le bateau recule, on ne le dit jamais assez – m'incitèrent à solliciter la permission de procéder à la manœuvre inverse, affaler puis ferler seul, sans peine, la grand-voile. L'incoercible frénésie qui s'empare de moi dès que je me retrouve sur les grands jouets s'était dissipée, rien du reste.

Le froid se remit à plonger ses doigts malsains au creux de mon être recroquevillé sur un banc. Une gifle de crésyl vint me demander si je n'étais pas là par erreur. Je grattai une joue à la barbe un peu drue avant de lui répondre : non pas! Ailleurs est certes souvent mieux, mais, outre que nous étions en chemin pour nous y rendre, il n'y a pas à cracher sur un zeste d'âpreté de temps à autre. C'est jeu entre soi et soi pour se sentir vivre, comme on aime dormir fatigué ou manger le ventre creux, comme on met une pincée de sel. La mer en était pleine. J'ignorais encore qu'elle nous réservait un immangeable piment à déguster au large.

M'abritant sous l'éculé prétexte de tracer notre cheminement sur les méandres du perthuis de la carte de détail, j'allais me réchauffer à l'intérieur. Je sortais de temps en temps pour mieux simuler une activité fébrile et questionner Steph sur l'endroit où ils cachaient le café, les jumelles, les filtres, la règle Cras, les gâteaux secs, les Instructions Nautiques, les tablettes de chocolat. « Quand tu as ta dose, je te remplace. » Steph en voulait encore.

Il avait rivé ses gants d'hauturier à la roue de barre et ses maxillaires l'un à l'autre. Il ne les séparait que pour absorber d'amples goulées d'air qu'il semblait vouloir mordre. Pour me poser l'anodine question de savoir si j'aurais par hasard réussi à repérer où nous étions, il remuait seulement les lèvres. « A Prague, mon ami, dans les faubourgs de Prague! Regarde les couleurs. » Il refusait de partager leurs réserves que je pillai sans vergogne et avait décidé d'arrêter de fumer, « du moins jusqu'à ce que ça aille mieux, c'est marrant, pour l'instant ça ne me dit trop rien, j'en ai pas envie… » Figé dans son absence de désir, il économisait jusqu'aux mots pour décliner mes offres de service et se consacrait à préserver l'équilibre précaire que chaque montagne d'eau russe venait menacer.

Le plaisir qu'un navigateur tire de la progression d'un vaisseau est directement proportionnel à l'échelle de la carte sur laquelle il trace la route. Je simplifie, pour un estuaire on se doit aussi de tenir compte du flux ou du jusant – le jusant c'est quand le flux reflue – faute de quoi, bien qu'avançant, on recule. Nous avions au départ avancé tout juste plus vite que nous reculions, maintenant les efforts des pales des hélices et ceux du perdant – ou jusant – se conjuguaient pour que nous gagnions neuf ou dix milles à l'heure sur le fond et bien plus du double sur le vent. Que la baignoire se remplisse tandis qu'elle se vide, qu'un gosse remonte les tapis roulants du métro Châtelet en zigzaguant parmi les fâcheux, ou qu'un bateau se promène entre les bancs de sable d'un estuaire, le problème est le même, il faut le secours de la mathématique pour prédire. Steph préférait déléguer.

Vers les *Battures de Laren,* (une batture est pour les compagnons de la côte la partie du rivage que la mer laisse découverte quand elle est basse, une sorte d'estran si on préfère), alors qu'une grande passe nous tendait les bras sur bâbord et que j'étais prêt à sortir une carte de plus petite échelle pour recevoir le grand saut, Steph préféra que je nous guide jusqu'au plein milieu d'une passe plus éloignée, mais plus creuse, pour éviter que galion et galériens n'encourussent le moindre risque.

La balise de *Rahon*, dernier édifice bétonné avant l'autoroute, surgie floue du blafard marqua la fin des terres, sans pour autant marquer la fin des dangers. Les amers rangés restaient saupoudrés sur la carte, quelques-uns de ces noms que les marins respectent. *Banc de la traîtrise,* m'occupa un instant, il n'en faut pas plus pour savoir que la mer a volé là des vies. C'était clair sur la gauche – tribord, non, pardon, bâbord – nous hissâmes et y fûmes.

L'Océan, grand tapis sale, regorgeant d'alluvions modernes, flottantes, ne montra rien de l'émotion qu'il ressentait à nous recevoir. Nous étions nous aussi fort discrets sur la qualité de l'accueil et médiocrement satisfaits de yoyoter dans les cinq mètres de creux et la houle croisée que nous avait légués le vent vandale des jours précédents, état de la mer que les laconiques bulletins météorologiques traitaient, je trouve, avec désinvolture. Une toute jeune équipière s'était réveillée un matin dans un affreux champ de bosses en demandant : « Papa, pourquoi la mer est debout? » La nôtre me fit cet effet, debout et levée du mauvais pied.

La carte était ironiquement bleue à perte de vue et il était déconseillé d'y porter un point tous les quarts d'heure sans se préparer à déprimer. Sur la gauche de la carte, dépassant de la table, émergeait la corne de l'Espagne, objectif calculé sous trois jours.

Le vent pivota d'une petite poignée de degrés pour provenir exactement de la pointe que nous visions, mais, protégés par la Dame de la Météo dont j'ignore nom et prénom(s) mais qui peut adresser sa fiche de pointage du 16 février 89 à mon éditeur pour obtenir un exemplaire gracieux, nous mîmes le cap plein Sud ou presque. Nous nous dirigions d'un pas allègre vers le piège des pièges en ces temps insécures : le fin fond du golfe. Steph demanda si je restais sûr de moi.

Tous les manuels du petit navigateur le stipulent, jamais le fond du golfe en hiver. Steph avait, d'une cruxifiante formule, résumé l'effroi que lui avaient inspiré ses lectures : « En hiver, le golfe de Gascogne, c'est le cap Horn ». D'historiques coups de baston ont contraint plus d'un navigateur à remonter en catastrophe jusqu'à l'envers de l'île de Ré pour y trouver refuge. Je m'abritai derrière la compétence de la Dame de Cambier.

Quand nous fûmes au bi du bout du bord basque, notre sauveuse fit, comme promis et juste à temps, pivoter le vent. Une petite brise d'Est se chargea de nous, à l'endroit où les pointillés de la frontière franco-espagnole se perdent dans les querelles poissonneuses des eaux territoriales. Nous touchions ce dont nous avions besoin, la puissante côte espagnole pour décor, une mer qui se calmait et la bise dans le cou, du cousu d'or.

Enfin, presque. Le froid de chien verdissait la chair de poule, la nuit ne parvenait pas à dissoudre le gris tenace et la torpeur nauséeuse refusait de libérer de sa gangue mes moroses compagnons qui n'avaient eu depuis le départ qu'un seul geste franc : la main tendue à plat pour repousser les verres de remonte-pente décorés de givre et d'une rondelle d'orange que je leur avais amoureusement préparés pour les remettre d'équerre. J'avais voulu d'insister parant mon mélange d'attributs de panacée, ils n'en avaient pas disconvenu, mais avaient dit « Non » et ce « non » était « Non! » Alors que ces deux-là, en temps de paix et dans le civil, auraient pu, chacun, s'enfiler sans broncher les trois verres que je dus vidanger sans enthousiasme par le trou aménagé à l'avant de mon passe-montagne.

Je m'étais muni de deux passe-montagnes. L'un d'eux, rouge, était frappé d'un insigne de l'Ecole Française de Ski, discret mais pas démontable, l'autre, noir sans pompon, était d'un modèle plus agressif et plus performant, s'apparentant au sinistre accoutrement que revêtent en toutes saisons, et pour de troubles motifs, les anonymes policiers anti-terroristes. Ils jouèrent à un qui sèche, un qui s'mouille dix jours durant.

Nous fîmes halte à Jadez pour y remplir nos réservoirs avant de tourner le coin de l'Espagne. C'était pèlerinage, un mois et demi plus tôt Steph et ses hommes avaient abouti dégréés là. Steph fut fier de montrer un bateau cette fois mâté, il me pria de traduire pour un officiel un compliment qu'il avait visiblement préparé. Nous manquâmes deux piliers du port où nous relâchions trop tôt. Le pompiste accepta de leur transmettre un salut. Entendre rouler de l'espagnol nous dépaysa autant que les milles que nous venions de courir. Nous reprîmes le chenal avant de ranger le Nord à tribord.

Le cap Finistère résista courageusement vingt-quatre saumâtres heures avant de se laisser vaincre. Nous fîmes, de jour, mais surtout de nuit, d'exquises politesses aux monstres de gros calibre, préférant la navigation dans leurs épluchures au surf sur leurs vagues d'étrave. Nous peinâmes à nous déhaler des côtes portugaises, bricolâmes des nuits durant, fondîmes un pilote automatique, une de nos hélices torsada un filin de filet, nous escaladâmes trois fois le mât pour y déloger d'autres lâches tracas qui, réfugiés là, s'y croyaient en sûreté.

Nous nous habituâmes à l'enfoncement du flotteur sous le vent, comportement gîtard aussi déconcertant que rare sur les catamarans, que notre monture faisait suivre de rappels secs. Au milieu des turpitudes quotidiennes du destin, « cette pâture des imbéciles », Chu noircit, grille sur grille, ses cahiers de mots croisés. Leur degré d'achèvement reflétait les facilités, parfois artificieuses, d'un somptueux irrespect des contraintes d'orthographe. Il gagnait un temps fou, abandonnant parfois quand : « Là ils ont dû se gourer, c'est pas possible autrement ». Steph laissa voir que la mer qu'il disait dominer l'inquiétait et que le routage restait un problème flou à l'écart duquel il préférait se tenir. Je lus, par facétie exotique, des histoires de terre, préférant lire la mer à terre et la terre en mer.

Vus du dehors – c'est une image – nous faisions très « pro ». Chacun son tour, chacun son quart, la toile qu'il faut, attentifs à tout, un œil sur le baromètre. Nous tirons tout droit, rayant le plafond bas du haut de notre perche. Le soleil s'offrait de brèves percées pour lever ses îlots de lumière dans notre voisinage immédiat. Mais il battait en retraite chaque fois que nous les approchions. Je mens, nous avons une belle journée, mais il y avait tant de vent odieusement mordant qu'il fut impossible d'exposer le moindre pouce carré aux rayons du Dieu Soleil, les seules brûlures furent celles du sel et celles du froid, ce qui n'était pas exactement ce que nous étions venus chercher.

Il me faut ici récriminer contre criminelle négligence. Après que le pilote automatique avait rendu l'âme, dans des conditions aussi atroces que celles qui virent jadis roussir le cuir lorrain de Jeanne, Steph avait été tardivement d'accord pour que nous désossions sur le champ (passablement agité) le mécanisme de barre incidemment fauteur d'incendie. Les drosses souquées par lui avant le départ, pour réduire un jeu jugé superfétatoire, et la malfaçon d'une joue de réa où se raguait sournoisement l'acier s'étaient conjuguées pour retenir la barre de tourner librement. Les deux premiers préceptes de Déesse Mécanique, du jeu et de la graisse, ne vinrent pas à bout de la dernière réincarnation de Vishnu, il fallut opérer. Sciant dans l'inconfort, depuis une heure, le cul en l'air, tout meurtri, tantôt limant, tantôt tirant, je besognais tandis qu'Eole nous drossait. Pour nous extraire du pétrin, Chu s'arma de la barre franche, dite « de secours ». Il tenta d'emboîter le carré femelle de la longue pipe sur l'embout mâle, carré lui aussi, mais bien trop large pour lui, de la mèche du safran. Bâbord d'abord, tribord ensuite, en vain! La défaillance de cet élémentaire premier secours me mit dans une rage blanche dont je me remis mal.

Le premier choix digne du nom fut : Madère ou pas. L'île gisait à une grosse journée dans notre sud. La réserve de ravenelles, seule provision de légumes frais du bord, étant depuis longtemps épuisée, nous bifurquâmes pour l'épicerie la moins éloignée. Telle fut du moins la raison officielle qu'invoqua Steph. J'avais, quant à moi, en vue le remplacement du contenu d'un bidon de plastique rouge, estampillé UCCOAR, acquis dans une grande surface, rempli de liquide décapant rosé qui avait dû traverser à grand peine les mailles pourtant lâches de la législation, mais dont l'étiquette nous avait d'abord laissé espérer qu'il pouvait s'agir de pinard. Après avoir donné son ordre de route, Steph se réfugia dans ses appartements. Il n'en sortait plus que pour en griller une, pensif, se désintéressant de tout.

Au soir, il vint me dire que Madère était mon île, il me l'offrait. J'ai décliné, nous n'étions plus à l'époque bénie où un capitaine pouvait, comme dans Melville, se permettre d'offrir une île à un second méritant. J'avais néanmoins gagné deux galons en une semaine, médailles en chocolat pour me remercier de m'être chargé des besognes que le capitaine avait su s'épargner. Steph exigea qu'on le laissât dormir la nuit complète et nous salua bas au sortir du repas préparé par son équipage.

Chu le prit mal. Déçu du comportement de Steph et des avatars de la première partie de leur équipée dont il se disait « seul rescapé », il se confiait par bribes. Il s'était laissé allé à dire que, si j'avais été là dès le départ, ils n'auraient pas perdu le mât. Je dus insister pour en savoir davantage. Chu avait tenté de protester quand une pièce mécanique avait lâché, Steph avait fait sentir le poids de ses galons, le mât avait chu, le rapport d'avarie avait enjolivé la fumeuse réalité arrosée de la nuit du réveillon. Chu me lesta de blandices, ma présence avait changé la donne, la navigation était désormais franche, le bateau marchait mieux, nous savions où nous étions, où nous allions, qui faisait quoi. Dans un excès, Chu avait affublé Steph du désobligeant sobriquet de guignol. L'accaparement par Steph de la réserve de shit du bord, une antique dispute sur une tentative de Steph de se mettre hors-quart, quelques histoires de sous, de préséance ou de petits riens avaient émoussé leur connivence bien avant mon arrivée. Chu ne caftait pas, il lâchait le trop-plein au compte-gouttes, parfois des confidences, vapeur en surpression, soulagement avant d'aller dormir.

Steph est venu troubler la quiétude de mon quart : « Je suis en pleine dépression, pas longue, ça m'est déjà arrivé, dans quelques jours j'irai mieux ». J'étais alors en train d'écrire une lettre à ma douce et très belle, Steph s'était confié au milieu, j'avais transcrit, Blue a conservé ma prose, je viens de relire, j'en extrais ces quelques lignes : « Steph va mal, à pas trente ans, il est déjà très à côtés de ses chaussures. Il est assez décevant et bien froussard sans qu'il y ait de quoi en faire un fromage. Il m'a proposé ses responsabilités cette nuit, il semble avoir peur de la terre qui approche, il va finir fou, pauvre biquet, pourtant il n'est pas méchant, un brin affabulateur, mais plutôt sympathique ».

Après avoir préparé du café noir et épais comme le tréfonds de cette fin de nuit, j'ai cuvé l'amertume du breuvage en attendant que Chu ait dormi cinq heures à l'issue desquelles il fut, contrairement à l'usage, secoué. Pour éviter de fournir le plus petit alibi à une éventuelle grève surprise nous faisions d'ordinaire preuve d'une exquise courtoisie lors des passages de barre. J'ai voulu le mettre aussitôt au courant de mes craintes. Chu est un mec blindé, il sait gérer l'urgence, il m'a demandé poliment de ne pas l'emmerder avec les conneries de l'autre frimeur, du moins pas avant qu'il ait eu le temps de refaire le niveau de caféine. Je suis retourné sous la voûte y ajouter penaud le point rouge de ma gauloise *mild* papier maïs bout filtre. Chu a fini par m'y rejoindre calé d'un demi litre de super que poussait un feu tribord porté par une torche de Samson, cône roulé dans du Riz La Croix rouge gommé. Je ne fais pas la retape pour les toxiques et personne ne peut me reprocher d'enfumer les lieux publics, je souhaite simplement recréer l'ambiance du conseil de famille. Le *pow-wow* se tint au bout de la nuit du 25 au 26 février sans qu'il soit possible d'en préciser l'heure exacte.

Je voulais l'opinion de Chu, je les supposais amis de longue date, c'était sans fondement. Ils se connaissaient depuis six mois. Chu traînait sur les pontons pour trouver le moyen de s'enfoncer plus loin dans une mer dont il ne connaissait que les tentants contours. Steph, habile bricoleur jonglait tout l'été pour des picaillons et depuis des années avec les réparations et les mises èn main des bateaux de location. Son sourire permanent, sa bouille bouclée, et sa façon de dire que rien n'est finalement jamais grave faisaient de lui une figure, un pilier des pontons et un ami agréable. La gentille mythomanie qui pousse à se faire héros des histoires entendues était, chez Steph, sélective. J'avais pris sa discrétion à mon égard pour la marque des grands.

Chu, moins expérimenté, avait eu droit à des affabulations qu'il avait d'abord pris pour du bon pain, il m'en confia quelques tranches. Nous avions, tous deux, eu l'impression d'embarquer sous les ordres d'un bon marin et avions déchanté. Chu, voyant la baudruche se dégonfler, se fâchait d'avoir été floué, il s'en voulait de n'avoir pas saisi plus tôt qu'il avait embarqué pour le casse-pipe. J'étais moins affecté, quelques milliers de milles me mettaient à l'abri des aléas d'équipage, je n'en voulais pas à Steph. Je savais que le destin lui avait volé sa toute petite fille. Les blessures à hurler une vie durant sont pour moi une excuse à tous les égarements.

Dans un centre où atterrissaient brisés de jeunes toxicomanes, j'avais écouté les histoires parfois terrifiantes qui avaient fait de leurs vies l'enfer qu'ils cherchaient à détruire. Steph me paraissait fragile et tout proche d'eux, seule sa volonté de suivre au loin un fil ténu capable de le maintenir sur les bords du gouffre le séparait de ceux qui y avaient plongé. Il avait galéré plusieurs années durant pour connaître tous les coups bas qu'un bateau sait faire avant d'obtenir le convoyage d'un voilier neuf et de luxe. Nous naviguions sur le montant d'une vie de son salaire et il le savait. Doutant des vertus éducatives des ratatinages de gueule, je n'avais aucune envie de voir l'aventure tourner court. Venu pour un Atlantique, on se porte toujours mieux après l'avoir coincé l'animal dans sa besace.

Chu faisait preuve de moins de tolérance, il avait hérité d'un père longtemps porteur de galons, l'idée d'être fort et son corollaire qui ravale la pitié au rang des baise-couillons. Dix années de galères à géométrie variable avaient tanné le cuir de ce modèle indigeste, de petites trahisons répétées avaient instillé la méfiance. Chu s'était habitué à compter sur ses propres forces et était prêt à payer pour. Il n'était pas sur la planète pour qu'on l'importune et, visiblement, finasser sur la déprime d'autrui le gonflait.

— C'est du cinéma, il veut nous apitoyer, il se complaît dans son malheur.

— Non il a peur.

— Il n'a qu'à pas faire de bateau s'il n'est pas capable.

— C'est bien plus compliqué.

— C'est un frimeur.

— Il ne va pas bien.

— Il en rajoute.

— On fait quoi?

— On a le choix?

— Pas ce soir, il faut qu'il dorme, mais à Madère.

— Il va se remettre à frimer quand il sera dans le port.

— Je me moque qu'il frime, je n'ai aucune envie qu'il déprime.

— Il fait semblant.

— A Madère il sera trop tard pour décider quoi que ce soit. On aura mille choses à faire. S'il faut prendre une décision, c'est maintenant.

— Tu veux débarquer?

— Pas forcément mais on ne continuera pas le convoyage sans lui.

— En tout cas, si tu débarques, je débarque.

— Si on arrête, il fait quoi?

— Il – se – dé – merde!

Second accroc.

Nous avions, de loin couvert le plus pénible, il ne nous restait que du dessert. Traverser l'Atlantique est la plus belle chose du monde. C'est marcher sur l'eau plus longtemps et plus sûrement que l'homme à l'auréole, c'est l'impossible à portée de main, c'est aller de la terre à la terre, s'affranchir de la seule frontière véritable, gérer sa vie, choisir. Nous avions entre les mains l'outil idoine, un gigantesque moulin à prières, une grande araignée de mers souple et rapide. Prendre la mer ne sera jamais pour autant un acte banal. Tout cela tournait dans l'ersatz de sommeil dans lequel je cherchais à me réfugier. Il restait une quinzaine d'heures jusqu'à Madère, l'idée de ce répit me permit de trouver un sommeil perforé, agité et trop court.

CHAPITRE TROISIÈME

La côte nord de Madère se découpe sous une longue traînée de nuages que le Pico Ruivo semble cracher. Le reste du ciel est abandonné au soleil qui l'irise. J'émerge. La mer est sotte, instable. Nous n'avions que louvoyé dans des eaux torturées, bruyantes et soudain, quand l'abri est à portée de mains, de voix, elle se transforme en lac placide, mêlant ors et pourpres au décor de rêve de la montagne. Mer calme, grand beau, pas de vent ou à peine, bateau immobile, ou presque. Le mauvais conte de la nuit passée semble s'être dissous en même temps que l'obscurité.

L'eau est si lisse qu'à quelques brasses de nous un goéland parvient à se poser au plein centre de son reflet qui nageait sous ses ailes blanches. L'observateur le plus attentif chercherait vainement les motifs d'étonnement au comportement des trois personnages aux torses nus, chacun semblant veillé par un tas de *Tee* et de *sweat shirts* sagement couché à ses pieds. Deux d'entre eux tournent parfois les pages du livre qu'ils ont en main, le troisième du café, s'appliquant à profiter au mieux des forces de Coriolis.

Un sondage et un calcul nous apprennent que la jauge de fuel ment par omission. Il nous reste deux litres de carburant de plus qu'il n'en faut pour ranger la pointe de l'île et toucher Funchal à l'heure précise où la nuit tombe. Au ras des cailloux (Dieu que les pierres sont pourtant fascinantes) nous dédaignons les risques d'une étroite passe plus Ouest. Quand approche le môle du port, Steph se prépare à glisser vers sa cabine qu'il a squattée la majeure partie de la journée. Je lui tends la barre, « je te rends ton île, sur un plateau, propre et belle ». Il reprend confiance et sans la plus petite hésitation range Artaban dans un mouchoir de poche, à couple des bateaux bien tassés dans l'abri du petit port qui s'installe dans la nuit.

Le macadam du quai sur lequel nous prenons pied tangue plus fort que jamais et nous avons la démarche de francs ivrognes. Depuis dix jours, mer et vent n'ont été calmes qu'une poignée d'heures. Je ne connais pas de sentiment comparable à cette ivresse, nous sommes d'ailleurs, et seuls à le savoir. La tête bourdonne encore de l'écho du bruit des mots que la mer susurre. Nous débarquons d'ailleurs. Nous ne serions pas autrement surpris qu'on nous salue, qu'on nous porte en triomphe, qu'on nous lapide. Nous sommes abasourdis du silence, perdus.

Tout juste sortis de l'hiver, nous traversons de l'air de printemps, nous nous sourions, voyons des fleurs, sentons des arbres, blaguons à haute voix, marchons à trois de front sur la largeur du quai. Le quai s'élargit et devient une place, nous parlons plus fort, trop fort, nous occupons toute la largeur de la place, seule l'incompréhensible lourdeur des jambes nous retient de courir. Nous choisissons chacun un escalier différent et nous y arrêtons de conserve pour observer notre vaisseau du dessus. Sa petite taille nous déçoit, il a perdu son absolue unicité. Qu'il ait accepté de se noyer dans le paysage de ses anonymes cousins nous choque. Nous lui tournons le dos. Bêtes, nous voulons manger, boire.

Du vin. Il n'y a que cela que notre ivresse puisse comprendre. La ville vit, nous y voulons notre place, changer de l'argent, nous asseoir, pouvoir boire, manger. Les appareils bancaires recrachent nos cartes de crédit. L'automate censé donner le change est en dérangement. Nous demandons où nos piastres seraient acceptées, des billets valables à dix jours de mer d'ici. On nous indique des directions contradictoires, puis un bar, un autre, un restaurant enfin.

Je demande poliment dans un espagnol approximatif mâtiné de portugais. La serveuse sourit, hèle sa patronne qui veut soupeser notre argent. Elle compare Delacroix à Montesquieu, les fait crisser, retourne des billets qu'elle voit pour la première fois de sa vie. Cela lui paraît ressembler à de l'argent. Elle lève ses yeux sur nos mines, les billets lui paraissent moins francs. Nous avons le temps d'exhiber des sourires. J'ajoute que nous ne sommes pas des *bebados* en goguette, nous venons d'arriver, *chegado de noite.*

— D'où venez-vous?

— *Da França*

— *De barco?*

— *Sìm*

— *Quanto saõ?*

— *Três.*

— *Esta bem.*

Des chaises glissent sous nous, le décor pivote, reprend sa place. Nous vérifions les pieds des chaises, la décoration dérisoire faite de filets, de bouées, pivote de nouveau. La fille revient armée d'un carnet:

— *Vinho?*

— *Tinto!*

Elle récite vivement un étrange poème lusitanien de bienvenue dont la portée nous échappe. Elle s'éclipse une seconde et réapparaît munie de trois bouteilles pour que nous choisissions. J'ai oublié les noms, nous élisons celle du milieu. Elle rit de bon cœur, comme rient les filles des histoires de marins.

— Et où allez-vous? (*A dove vai o marinaio?* aurait chanté l'Italie).

— *Brazil.* Nous marier. *Vamo-nos casar…*

— *Los três?*

— Tous les trois!

Elle en casse le bouchon dans le goulot, éclate de rire, parvient à déboucher, nous sert des verres pleins d'un vin épais. Le vent nous manque. Le vin est bon, fort, exotique, de ces choses qu'il faut boire sur place, ne jamais exporter. Le mouvement nous manque.

Chu va visiter les toilettes, c'est comme un tour de manège. L'éclairage au néon et l'exiguïté du réduit, l'absence de repères et l'équilibre précaire, tout accentue la sensation de claustration, il revient en titubant et nous explique qu'il n'a pu rester debout sans se tenir aux murs. Les images lui semblaient prises par une caméra qu'un fuyard aurait tenue au poing. Steph, ayant fait le pari d'aller pisser sans rien toucher, se lève. Il s'aide de toutes les tables, des dossiers de chaises, des poteaux ou quidams qu'il rencontre sur son large chemin. La fille rit de le voir revenir. Elle prend nos commandes, sert d'autres tables, des hommes l'y blaguent, elle s'y montre distante.

Hilare, elle revient nous servir, toute chargée de plats que nous avions choisi à l'aveuglette. Une des assiettes lui échappe, s'écrase au sol, elle en rit. Se baissant pour ramasser les morceaux, elle pouffe dès qu'elle est hors de vue de sa patronne. Elle demande qui est le capitaine, Steph la gratifie d'un sourire découvrant une impeccable rangée d'au moins cinq cents dents. Chu se crispe, à peine, il parle de Catherine. Nous sommes contents de n'avoir pas eu à préparer, nous buvons, peu, mais de trop. Nous payons, faisons mine de compter la poignée d'escudos qu'on nous rend, personne n'est dupe. Nous partons les derniers, nous trouvons un bar. Un miroir nous renvoie des images burinées.

Un téléphone est hissé sur le comptoir, Steph appelle : « Tout va bien, on continue ». Je joins Blue : « Tout va bien on continue », du diable si elle comprend quelque chose quand elle recevra ma lettre. Chu reparle de Catherine, elle vit chez ses parents, il se demande tout haut si l'heure serait encore raisonnable, se dirige vers l'appareil, puis se ravise, il l'appellera demain.

Les rues se sont vidées, nous les dévalons, toujours victorieux. Les ports au pied des villes orientent les matelots qui rejoignent le bord, nous sommes chez nous. Nous nous suivons en file indienne de parapet en parapet, bras en balanciers. Silence partout, les yeux piquent. Le bateau n'a plus ses bruits familiers, il semble posé sur un banc de sable. Je m'assieds sur ma couchette, reste une seconde en équilibre, la suivante me fauche et m'endort bien avant d'atterrir. Sommeil des grand soirs, tout habillé, exprès, par défi, comme les gosses.

Chu entrechoque tout pour me disputer à Morphée. Morphée me veut, s'abandonne, me cajole, je lui cède. Elle m'entraîne. Chu m'accable de décibels de sa musique de dingue. Elle me lâche. Je dessille, une brûlure palpébrale accueille un rai de soleil, je ferme. Chu s'agite. Des pieds remuent qui n'appartiennent qu'à moi et je perçois qu'ils portent déjà leurs chaussures, je les sens tomber au sol. Elles me portent jusqu'au cockpit. Je m'y déshabille, mes fringues puent, je pue, en mer on remarque peu, moins, les références manquent, ou bien est-ce le vent? A terre c'est net, plus net. T'as vu des douches? Il a vu des douches. Chaudes? Elle sont chaudes. Sans sucre? Sans sucre. Le café n'est pas bon sans sucre, mais rien n'est bon le matin, si, peut-être, démarrer aux céréales, mais j'ai du mal après deux cuillerées, à cause du lait, il dissimule trop longtemps le cône de sucre non dissous.

Douches. Huit des dix sont hors d'usage. Une ficelle éreintée permet un bricolage pour bloquer le bouton poussoir de la neuvième, je bloque. Brûlante. D'abord brûlante, puis parfaite. D'authentiques ravagés, dont le président Schreber que je ne connais qu'à travers ce qu'en a dit Freud, avaient le Soleil pour Dieu. Moi c'est la Flotte. Celle de la douche tombe chaude et drue du sommet de l'Olympe. La pression, trois fois trop élevée, mord les épaules. Je rattrape le retard, dix jours sans, dix douches en une. Je chante comme une casserole quelques-unes des rauques melopées qui ont marqué l'histoire du *rock'n roll* et le teenager que je fus. Le carrelage et le béton couvrent le bruit de l'eau pour me renvoyer ma voix traînante de Platter : *On–ly–you*. Un homme en veste et casquette d'amiral, ou de gardien de phare, tousse dans la vapeur d'eau. Il me fait remarquer que les douches, c'est trois minutes... Comme si j'avais l'habitude de m'équiper d'un chronomètre pour sacrifier aux cultes immémoriaux. La plus misérable messe chantée ne prend jamais moins d'une heure.

Sur le quai, trois adolescentes aux visages peints, coiffées de canotiers, *chapéo de palha com fita preta,* et portant d'émouvants T-shirts noirs sur lesquels farandolent des colliers multicolores, avancent à ma rencontre, souriantes, guettant l'effet que provoqueront immanquablement leur effronterie et la démarche de star que confèrent micro-jupes et maxi-talons. Comme dans les îles plus lointaines, les films, comme pour Carnaval. C'est d'ailleurs Carnaval, jour férié, *fériado*, fêté, je comprends tard. J'éclate de rire quand elles sont à ma hauteur. Que faire d'autre? Elles sont ravies, pouffent se serrant fort les bras. Elles se redressent, déjà à la recherche d'une autre victime, d'un autre homme à qui se montrer belles.

J'avais regardé si nous n'atterrissions pas à la veille d'un dimanche pour être certains d'avitailler, las, avant-veille de carême, le mardi choisi est gras. Rien n'est possible aujourd'hui que les formalités de police. Pour le fuel? Peut-être ce soir après le défilé. On me donne le prénom d'un homme à chercher dans la ville. A la police le factionnaire se moque de mes efforts, il parle un meilleur français que le mien, plus châtié, vétuste. Dix ans à Champigny-sur-Marne sans qu'il me dise son emploi. Je reste discret, mais pense un instant aux contrôleurs de l'immigration que la sinistre PIDE de Salazar envoyait veiller sur l'activité des migrants et filtrer les renouvellements de passeports. Les Madériens s'exilent, ils seraient trois fois plus nombreux à l'étranger que sur leur chapelet d'îles, les devises reçues sont la première ressource de l'archipel.

Le supermarché du port nous ouvre ses rayons où nous entamons un cours accéléré de vocabulaire céréalier portugais. Au retour je passe pour maniaque en imposant une visite de sécurité anti-cafards, anti-blattes, anti-mouches, à nos emplettes. J'interdis l'accès du bord au moindre carton, c'est là que le cancrelat niche, ou se cache. Je rêvais encore d'une traversée entre soi, perdus dans la magie des grand édifices de toiles, du clinfoc à la brigantine, des grands-voiles aux perroquets, une traversée sans parasites ni clandestin, un concerto pour trois solistes, allegro.

Steph se découvre fatigué et va dormir. Chu veut rafraîchir son paquetage. Je pars visiter. D'abord le port et ses débarras, ses bateaux de pêche, leurs filets, leurs bouées, leurs treuils, les fanions multicolores, le rebut, beau, gai, fort comme un tableau de Jean Le Merdy. Puis la terre et sa poussière, choisissant chaque fois la rue, puis bientôt le chemin, qui monte le plus. Des vieilles vêtues de noir sont les seules gardiennes des maisons pauvres que les occupants ont désertées pour défiler. Ces femmes noires rabougries et comme déjà de cire, ployées sur des mouchoirs aux mailles minutieuses ravaudent les souvenirs d'un âge d'or. Je suis trop suspect pour visiter, m'approcher même.

En bas, la ville ondule de haies bariolées, un cortège se forme et les premiers accents de la fanfare montent avec le vent chaud. Je dévale et me mêle aux couleurs vives, à la foule bigarrée. Tous sont pimpants de dimanche, bougent, dansent, dodelinent. Chaque adulte porte un gosse en triomphe. Par signe, j'offre à un père, aux épaules déjà encombrées de sa fillette, de charger sur mon dos l'enfant de trois ans qui l'entrave et lui chougne dans les jambes. Le père opine. Le môme pris en traître, arrivé si haut sans savoir comment, se met à hurler et à me cogner sur la tête. Il me tire ensuite les cheveux avant de fouiller du côté des yeux pour les arracher. Je repose la sale peste qui veut son père et rien d'autre. Le père m'offre la fillette pour me consoler. Toute contente d'avoir gagné quelques centimètres, elle voit des choses fantastiques qu'elle indique à son père et à son frère, bras tendu, la main incomplètement ouverte.

A mon retour Chu assis est sombre. Il râle sur le pont, se plaint à moi. Steph l'a laissé tout se farcir, ranger, nettoyer, mais, surtout, Steph n'a toujours pas pris de douche. Je trouve Steph occupé à écrire une lettre et lui demande de ses nouvelles. « Pas fort, mais ça ira mieux, je le sens déjà. » Je parle de douche. Il tente une objection oiseuse sur la rareté de l'eau sur l'île, mais se laisse convaincre de l'opportunité d'une dernière caresse d'eau douce et y part. Il avait plus tôt poussé une reconnaissance vers le bâtiment, l'unique bâtiment du quai, sans parvenir à le dénicher. Je l'accompagne.

J'avais obtenu un rendez-vous pour le fuel. L'homme encore tout endimanché arrive à l'heure. Il déroule du bout des doigts un gigantesque serpent que crasseux et... s'étonne que rien n'en coule. Le quai est victime d'une défaillance électrique. L'homme s'assied, je lui demande s'il saurait me dire approximativement combien de temps la panne pourrait durer. Il ouvre des bras implorants de pape en prestation télévisuelle, se retourne la lèvre inférieure sur le menton et reste muet. Je vais m'enquérir auprès des bateaux voisins, plus bavards, si le dysfonctionnement est usuel.

Un long barbu maigrichon, pelant de froid, qui vient tout juste d'extraire sa carcasse des eaux sales du port, où un pari l'avait poussé, se moque de ce que je me montre pressé dans un endroit où d'autres valeurs ont cours. M'aventurerais-je blanc bec pour la première fois au Sud? Joost, prononcer *Yo-ost*, est rassuré d'apprendre que nous avons, jusqu'en Mer Rouge, aimé les mêmes îles. Il m'invite à boire à leur santé.

Il s'amuse d'entendre que ma douce a sa nationalité, mais lui a fui la Hollande, pour toujours. Il faudra que j'aille rendre visite à Agnès, sa sœur artiste-peintre qui vit sur péniche à A'dam. Lui aussi est artiste et vit sur une péniche, la sienne est un vieux chalutier. Il se l'est gagné à la sueur de sa voix, en deux saisons, dans les bars de la côte normande. Il y interprétait, sur les justes mélodies de sa guitare, les meilleurs succès du folklore hexagonal. Brillant interprète, Joost est aussi créateur. Je m'égare un peu dans la chronologie des dates de naissance de ses enfants et il ajoute à la confusion de sa saga en appelant « ma femme » plusieurs personnages différents. Une américaine sort de derrière un paravent pour ajouter à la confusion. Je me lève pour saluer. Je bascule à l'anglais. Joost impose le français. L'Américaine s'en va.

Joost m'invente un service à lui rendre. Bien que doublement méfiant, pour deux coques de plastique, il est prêt à me confier des objets de valeur inestimable pour Hestia, sa fille, la dernière. J'exige un emballage cadeau. Il pioche dans un coffre un vestige de papier et un semblant de ruban. Il n'y a pas pourtant d'urgence pour la course, Joost est tout prêt à larguer pour les Antilles. Son « *Straumoy* » (pardon si j'écorche, mais il me semble que c'est ça) est un gros chalutier en bois acquis en Scandinavie (ça y est maintenant je me souviens, *Straumøy,* il y avait la barre fendant l'ø, l'eau) *Straumøy* devait effectuer la traversée quelques mois plus tard, « En 23 jours! », comme Joost, que j'avais dû bien involontairement narguer, me l'écrira avec un zeste de fierté bien placée. Deux raisons incitaient Joost à me charger de course. Le réflexe du bon vieux temps qui pousse à profiter de l'aubaine qu'est un navire en partance, certes, mais aussi l'aiguille de la nostalgie qui transperce sans prévenir l'âme des déracinés, empoisonnant leurs plaisirs d'exilés. Quand j'avais dit Martinique il avait entrevu le casque d'or d'Hestia et le sourire amusé de Françoise sa mère, toutes deux perdues dans le havre d'une petite baie, il avait soudain voulu y être, à défaut, pour communier, donner.

L'électricité s'était entre-temps remise à irriguer les veines des fils, l'homme aux tuyaux et Chu avaient lesté la soute du plein de gas-oil. Nous étions fin prêts, sauf Steph qui s'enfuyait sur le quai faisant de grands signes d'adieu. Tandis que nous jouions aux loups de mer avec Joost, Chu et Steph avaient échangé des mots peu amènes que personne ne connaîtra jamais.

Je rejoins Steph et lui demande s'il renonce à partir. Il m'oppose « J'aime mieux pas ». « Ah! » Melville venait de resurgir avec Bartelby. Steph m'avait servi une satisfaisante version française de l'intraduisible formule de Melville : *« I prefer not to »*. J'eus l'impression d'un remake compliqué. Tu préfères renoncer à partir, tu préfères que nous restions tous les trois, tu veux rester seul, tu veux ne partir que plus tard, te reposer avant? Steph ne se justifiait de rien, n'avait pas envie de choisir, il voulait seulement que je le garde avec moi. A bavarder sur une rambarde de béton, il ne se sentait ni bien, ni mal, il était disposé à partir si je partais, à rester si je restais. Nous convînmes que Chu et moi ferions marcher le bateau, lui, en villégiature aurait le loisir de se reposer à bord autant que de besoin. Je le voyais n'importe où mieux que seul en pays perdu, un bateau trop grand pour lui accroché aux chaussures. « On y va? »

Il s'installa aux commandes, mais requit ma présence à ses côtés « pour le cas où il se passerait une connerie ». L'allusion était transparente. Le matin, lors de la manœuvre qui devait nous permettre de nous aboucher aux tuyaux, Steph s'était égaré à tutoyer de petits coups brefs la manette d'accélérateur, avant, puis arrière, alors que l'esquif était déjà solidement amarré. Chu avait prié notre capitaine de mettre un terme à sa fantaisie, calmement d'abord, de manière plus incisive ensuite, Steph craintif lui ayant opposé qu'il n'obéissait qu'à son homonyme. Chu s'était énergiquement emparé des manettes de décompression, l'une d'elles lui était restée dans la main. L'incident s'était clos par une innocente réparation, mais l'image rémanente perdurait.

S'agissant cette fois d'une manœuvre pour laquelle seul le recours à la marche avant était requis, je supposai Steph à la hauteur de son affaire, il le fut. Il négocia en prime une volte d'écuyer, qui me permit de toucher la main de l'ami marin Joost, puis il longea le môle polychrome. L'usage veut que les bateaux taguent artistiquement (c'est très inégal) sur le béton du muret une trace de leur passage. *Artaban* sortit sans coup férir du port de Funchal, entre chien et loup, le vingt-sept février.

La nuit nous cueille à peine au large, le vent aussi, que nous prenons pour l'alizé, et nous entamons la longue glissade. Cap à l'Ouest-Sud-Ouest, là où la pointe nord de la Martinique borne le lointain. Tout s'organise comme à l'accoutumée. *Artaban* enfonce dans l'eau sa coque sous le vent comme pour prendre son élan. Quand une vague le redresse, il part dans un long surf d'où il sort sans souffle, épuisé. Il se cale encore, en quête d'un nouveau sprint. La version dite « de croisière » n'est pas suffisamment toilée pour que nous puissions prétendre chevaucher follement la crête des vagues, l'avantage en retour est que nous ne courons pas grands risques.

Vers minuit, Steph vient expliquer qu'il songe à retourner dans sa vie antérieure où il était dauphin. Ma foi, pourquoi pas? Je lui demande s'il aurait, par hasard, vu le navet de Besson. Steph est aux anges. *Le Grand Bleu* l'a comblé, c'est le meilleur film qu'il ait vu, vu et revu, il aimerait que nous en parlions. Je lui oppose qu'il vaut mieux parler de cinéma de jour, la nuit, je préfère confier aux, modestes, errements du pilote automatique le soin de troubler ma lecture. Steph retourne se coucher.

Je suis bien entendu incapable de déchiffrer les caractères du livre que je tiens en mains par pur snobisme. Outre la patente insuffisance de l'éclairage d'une torche et l'assaut victorieux des ans sur mon bilan optique, une anomalie m'afflige de cécité clignotante. Les cadrans de contrôle vers lesquels le va-et-vient de l'œil est incessant ne sont lumineux que de jour! La nuit, des semi-conductions électroniques, qui m'échappent, les font s'éteindre aussitôt qu'allumés et, au court délai d'une temporisation près, les illuminent de nouveau. Le bris de l'écran de protection du cadran de la girouette est très postérieur, mais cette singularité nyctitante éclaire le sombre geste de mauvaise humeur qui, au bout d'une nuit d'épuisement, fit de moi un casseur de cadran contrit.

Steph se lève le lendemain matin en belle forme pour prendre aussitôt son quart à bras le corps. Le bateau marche bien, nous filons toute la journée neuf nœuds sur la route. Il fait frais, les nuages qui la veille au soir s'évertuaient à nous dépasser ont rameuté quelques complices et nous croisent maintenant bas et bon train. Le soleil décline quand un espadon, volant trente mètres derrière le bateau, parvient à se saisir du leurre de la ligne de Chu qui sautait de vague en crête. Chu bat des mains comme un môme quand le beau poisson est hissé dans le cockpit. Il exige une photo de sa prise. La prise est contre, elle se débat si peu que la moitié de son mauvais sabre nous reste entre les mains. Nous lui rafistolons sa corne dans un bruit de coraux broyés, une saignée de bras dissimule habilement la funeste fracture et maintient grosso-modo l'alignement. Chu et sa bête sont immortalisés de manière tout à fait présentable.

Répugnant, par pure pingrerie, à dilapider nos réserves d'alcool pour noyer le gosier du condamné, je me saisis d'une manivelle de winch, mais m'y reprends très maladroitement à plusieurs fois pour assommer notre téléostéen [c'est même un acanthoptérygien, je ne le dis pas, je déteste faire le mariol avec mes connaissances encyclopédiques]. Notre acanthoptérygien consacre ses derniers instants à tout éclabousser tout du sang qu'il perd. Morte, la bestiole est reprise d'une furieuse crise de tétanie qui m'ensanglante et repeint tout, frappant dans sa flaque à grands coups de caudale. Steph, replié dans le carré, a les yeux fixes et grands ouverts que j'imagine au Tambour de Grass. Il est à la limite de tourner de l'œil devant cette boucherie dont je ne perçois qu'alors le degré de violence.

Nous lavons le pont à grand mer et escamotons toute trace du massacre. Ayant déballé et revêtu le cadeau du motard pour faire diversion, je me présente à Steph en extra-large blanc seyant et prie mon supérieur d'excuser ma sanglante maladresse. J'ai perdu la main, d'ordinaire, même pour un bœuf, un coup suffit. J'ajoute que je n'ai fait que précipiter le destin d'un poisson qui, de toutes façons, nageait à sa perte. Il soutient que nous venons de commettre un assassinat, qu'il ne faut plus pêcher, « Jure-moi. Plus jamais! », puis se calme.

Il a, un peu plus tard, le sentiment, mal fondé, que le Sat-Nav, appareil échangeant une poignée de watts contre l'affichage occasionnel de notre position calculée, nous lâche. Il sort ensuite fouiller des yeux le cockpit à la recherche de traces brunes et finit par se rassurer. Il s'assied derrière la barre et, pensant l'affiner, il détraque, plusieurs fois de rang, le réglage du pilote automatique. Au troisième incident, Steph accusé, soutient contre l'évidence n'y être pour rien : « Le vent tourne! » Chu exaspéré le tance. Il le rudoie, « en raison de sa voix geignarde » dira-t-il. Regagnant ses quartiers, Steph passe à ma hauteur et exige de nouveau, doigt levé, la promesse de ne plus jamais tuer les poissons.

Je me garde de promettre, on ne peut pas manger les poissons vivants, et prépare l'espadon au four comme aucun restaurant ne saura jamais l'accommoder, disposer sur un lit de sargasse fraîche (vésicules dures) la darne d'espadon encore naturellement tiède, couvrir d'ombrelles taillées dans des citrons de Madère, arroser de Madère sec, border d'olives noires de Madère, saler, poivrer, enfourner, four chaud. Au dîner, Steph se délecte et semble avoir renoncé à obtenir de moi d'impossibles engagements.

Le Grand Bleu revient sur le tapis. Je dis que c'est à mon avis une sous-merde réalisée par un irresponsable qui chevauche les pulsions morbides des ados largués et flatte ce qu'il y a de plus bas, chauvinisme en tête. Le film donne un sens à la vie : crever. Hors la première scène, présentée deux fois, Besson nous fait barboter dans un aquarium et une mer vides de poissons confisquant au passage les dizaines d'années d'entraînement et l'authentique exploit de Mayol métamorphosé pour l'occasion en insipide éphèbe au poitrail velu battu d'une croix d'or. Steph me reproche de ne rien entendre à la poésie. J'en cite « Le désespoir même se vend, tout est prêt, il ne reste plus qu'à en inventer la formule ». Steph insiste, je me fâche et fais mienne la boutade qui veut que Mayol ne soit jamais descendu aussi bas qu'en frayant avec Besson. *Le Grand Bleu* bat en retraite, mais Steph se réfugie dans un salmigondis de tout ce qui me hérisse le poil : la médecine par les plantes, la réincarnation, les superstitions, l'homéopathie, les puissances occultes, un tout hâtivement ficelé qui se conclut par le fait que « rien n'est vrai, rien n'existe, pas même nous! »

Je me souviens de mes premiers cours de philosophie, pas celle des chiens de garde, l'autre la vraie, celle de l'homme, je revois mon émerveillement découvrant que « ça » existait, mon incompréhension des raisons pour lesquelles on m'avait jusque-là caché ce que j'avais toujours voulu savoir, ça et l'amour. J'ai des idées précises sur ce qui me fait croire en quoi, je ne dédaigne pas en disputer, mais n'ai rien à opposer à ceux pour qui rien n'existe, pas même eux. Je suggère à Steph d'aller se reposer, faut pas jouer avec ces choses-là quand on n'est pas en forme.

Descendant les trois marches menant à sa couchette il demande si d'une part nous pourrions faire quelque chose pour empêcher le bateau de bouger, si d'autre part il lui serait possible de résilier son bail et si nous accepterions de nous détourner sur Hyères, chez lui. Il semble se satisfaire de notre refus.

Inquiet, je descends deux heures plus tard pour prendre des nouvelles de notre avarie majeure. J'aimerais cerner le lascar, faire la part des choses, distinguer la folie de sa simulation, comprendre. Poussant la porte de sa cabine, je trouve notre capitaine agenouillé sur sa couchette. Complètement à poil, il a une bouteille de *Volvic* vissée au bec, il en maintient une autre, déjà à demi-pleine d'urine, coincée au bout du zob.

— Et tu fais quoi au juste?
— Je contrôle si je me déshydrate pas.

Je lui rappelle qu'en principe on tient pour suspect le désir de conserver pipi et caca après quatre ans. Il appuie mes propos en disant que « stocker les toxines » ne saurait de toutes façons lui servir à grand-chose et balance sa bouteille par le hublot ouvert :
— Au revoir pipi.

Un quart d'heure plus tard, il dort comme un bébé, comme un bébé qui pue. Depuis l'exécution de l'espadon il dégage en continu une odeur forte, une odeur que j'ai déjà sentie sur d'autres bateaux et sur laquelle je sais mettre un nom, l'odeur, la très insupportable odeur de qui sue la peur.

CHAPITRE QUATRIÈME

Dépité de voir les capacités du skipper dissoutes dans l'eau de mer, Chu est soudain dévoré d'une immense soif de savoir. La perspective de se retrouver seul à bord lui apparaît comme une échéance immédiate. Ne tenant aucun compte de la profondeur de la nuit, il réclame sans cesse des explications techniques plus complexes sur la méridienne, la loxodromie, des précisions sur les relevés transportés. Il voudrait un précis assimilable sur les phénomènes météorologiques, les variations magnétiques, un bouclier et les armes pour décider.

Steph vient perturber la transmission du savoir. Il a revêtu couche sur couche deux combinaisons intégrales, sa cagoule et son ciré. Souriant, il annonce qu'il va rentrer à la nage, puis marcher un peu. Je juge que le cirque suffit comme ça et raccompagne fermement mon bancroche dans sa cabine. Sur son lit est installé un poste de navigation de secours. Un pendule et une autre babiole suspendus au hublot dansent au-dessus de la routière de la traversée sur laquelle glandent une règle, des crayons et divers papiers griffonnés et chiffonnés.

A force de jouer au con il va finir par barrer complètement de la casquette, je le lui dis vertement et, devant son incrédulité, je précise que je tiens aux apparences. Je veux lui voir faire des choses de mec normal dans des conditions normales :

— Tu te déshabilles et tu dors, tout va bien. Demain matin tu décanilles à 7 heures, tu déjeunes, tu te laves, tu te rases, tu prends ton quart et tes responsabilités de skipper, *basta* pour le cirque!

Avant de se débarrasser de son accoutrement, il me demande si je suis droitier et un homme, puis, de son poing serré dans ma main qu'il ouvre, il me remet solennellement le vrac de ses poches : de la menue monnaie portugaise, une lettre que nous avions écrite à ses gosses – qu'il était censé avoir postée de Madère – des lambeaux d'essuie-tout humides, quelques chiquettes et divers fragments malaisément identifiables.

Il est d'accord :

— Maintenant c'est bon, promis, j'arrête de faire le con.

La mer se fait mauvaise et noircit, le vent a pris un peu d'épaisseur, il oscille maintenant entre trente et trente-cinq nœuds, nous réduisons la toile et veillons aux grains.

Sage précaution, un nuage lugubre qui guettait une proie facile mitraille dru. Immobile, il lâche d'énormes gouttes jonchant tout de cloches de pluie. De l'eau soudain fade ruisselle des cheveux, un goût nouveau, exotique, qui donne à songer que l'on a peut-être enfin eu la peau de février. La mitraille qui reprend me pousse à l'abri, m'interdisant de vérifier.

Le confort du bateau reste acceptable pour l'unique raison que nous allons là où le vent va. Ce que nous venons de courir en deux jours, tandis que Steph assurait le spectacle, exigerait, en sens inverse, quatre jours de baston, j'hésite. Nous restons persuadés qu'une part est feinte, qu'il cessera d'en rajouter en s'apercevant qu'il n'a rien à gagner à ce jeu interdit.

Je souque un bout sur la porte de sa cabine pour plus de sécurité et nous décidons de surseoir à la formation que Chu voudrait voir accélérer. Nous partageons ce qu'il reste de nuit en deux portions égales et tirons nos quarts au sort. Je ne sais plus à qui échut la plus courte des deux pailles, peu importe, l'inquiétude, les grains, l'hébétude du pilote, la nôtre, les mille tourments nocturnes nous firent insomniaques.

A sept heures et demie, le patron frappe à la porte de sa geôle pour que nous lui levions la bobinette. Il a de nouveau revêtu une très excessive quantité de ses vêtements nauséeux et s'est, par coquetterie, ceint le front d'un bandeau de *jogger*. Il ne semble pas avoir beaucoup mieux que nous profité de la nuit et paraît tout aussi mal grimé. Jovial, il annonce :

— Nous allons nous baigner Ah! Ah! Ah!

Je me lève pour lui mettre de l'eau à chauffer. Il en profite pour ouvrir un panneau d'échappée. Les panneaux d'échappée sont de grands hublots ouvrants permettant le passage d'un homme. Placés au ras de la ligne de flottaison, ils ménagent en principe et, comme leur nom l'indique mal, une avant-dernière issue pour ceux qui, las d'être prisonniers, souhaiteraient se priver du secours de la coque d'un bateau retourné. L'eau s'engouffre dans un vacarme assourdissant. Je me précipite et verrouille les deux poignées. Steph ne marque aucune surprise. Quand je hausse le ton, il soulève lentement un doigt jusqu'à ses lèvres et m'oppose cérémonieusement un long « Chuuuuuuuut » qui me fait éclater de rire. Je le repousse dans sa cabine le temps de restituer à la mer le paquet de flotte que nous n'aurions jamais dû lui soutirer.

Chu profite de la situation et de mon accablement pour me faire une scène. Il veut lui aussi rentrer, mais, lui, en bateau et tout de suite, ligoter le dingue aller le poser dare-dare quelque part, n'importe où!

— Il est cuit. Il va nous faire crever ce con là...

J'ai malheureusement oublié les charmants épithètes dont Chu l'affubla, mais je jure avoir été fasciné du bonheur des formules, ne surnage dans mon souvenir que « *Le débile* », Chu ayant pour le reste du voyage refusé d'utiliser un quelconque autre vocable pour désigner Steph. Si, pardon, « Le dauphin », on verra pourquoi.

Chu ne marche plus, il a perdu trop de temps, il monte sa voix pour me le dire. Il est pour lui hors de question de continuer dans ces conditions-là. Steph entrouvre sa cabine et bêle :

— Qu'est-ce qu'il a, Chu?

— Il n'a rien, rassure-toi, retourne dans la salle d'attente, je te prends juste après.

Chu se fâche et menace Steph d'une volée de bois vert, sa porte se referme lentement.

J'expose à Chu ce que je crois comprendre de la situation. Steph, entraîné par ses tartarinades, a voulu ce convoyage, il n'en a pas les capacités et le sait, il s'est écroulé sous de trop lourdes responsabilités. Il multiplie les âneries pour être libre de son fardeau. Ôtons-les lui temporairement et tout ira bien. J'ajoute, pour faire bonne mesure que la vie fait rarement demi-tour. Chu n'est pas convaincu.

— Tu veux traverser ou pas?

Rien n'y fait. Chu n'est qu'assez médiocrement couillonnable par les belles paroles, ça ne lui suffit pas. En revanche, il sait monnayer un engagement. Il a commencé tôt. Un jour d'école buissonnière, il a croisé son papa au bras d'une avenante jeune femme. Négligeant les présentations, lâchant l'étreinte et son bonheur pour une gueule d'empeigne, le père était venu supplier Chu de n'en rien dire à sa mère. Pour Chu la requête était superflue, il se serait tu, il avait compris tôt les histoires de grandes personnes, mais il fut courroucé d'entendre le chantage de son géniteur : « Ça ferait trop de peine à ta mère ». Chu n'avait pas goûté le culpabilisateur : « Tu la tuerais ». Chu avait échangé son rêve de mobylette et son silence contre une mobylette et son bruit, personne n'avait jamais su comment.

— Et si tu deviens matelot rémunéré, officiel, déclaré? Je prends le commandement et demanderai au propriétaire de reconnaître que nous lui avons sauvé un bateau et un skipper, il ne devrait pas nous refuser trois sous.
— Tu ne le connais pas, il ne les lâchera jamais!
— On parie?
— Ok, je marche.

Chu exige l'ajout d'un article à son contrat d'embauche : le droit d'ignorer le débile, ne rien devoir faire pour lui, ne pas même devoir lui parler. Nous re-topons.

Je sonne Steph du rituel : « Mutinerie, tous sur le pont! » Je lui tends le livre de bord, il lit : « Victime d'une légère dépression nerveuse, je confie la responsabilité du bateau et mon rôle de skipper à Stéphane

Grindel ». Il réclame un stylo et noie la page d'un méchant paraphe. Son soulagement est manifeste, un sourire en témoigne. J'entreprends d'abuser aussitôt de mon nouveau pouvoir et lui expose la nouvelle donne.

— Il n'y a ni flics pour te contraindre, ni toubibs pour te soigner, tu cesses de faire le zouave, faute de quoi je te boucle dans ta cabine jusqu'à ce que nous touchions terre. Quinze jours de fourgon cellulaire.

Un pauvre signe de tête accueille mon ferme propos. J'insiste :

— T'es d'accord?

Nouveau signe mou.

— Tu veux du thé?

Signe mou.

Je mets de l'eau à chauffer : une grande bassine pour qu'il ait de quoi se laver, une plus petite pour du thé. Je verse l'eau chaude dans le bol qu'il a sous le nez. Je range la casserole et saisis un sachet de thé que je me prépare à immerger dans un bol... vide!

— Le thé était bon?

— Ça allait.

— Il n'était pas trop fort?

— Non, non, juste bien.

— Steph, il n'y avait pas de thé dans l'eau.

Il me regarde comme quelqu'un à qui on ne la fait pas. Sans me lâcher des yeux il consent un sourire qu'il fige. Je lui explique que maintenant il doit reprendre un thé et pour cela chauffer de l'eau. Il cherche un peu partout sans parvenir à rien trouver qui s'apparente à une gamelle. Je lui propose de m'en charger et dois maintenir la casserole sur le réchaud à gaz qui n'est équipé d'aucun système de blocage (maudits cons! la brûlure est l'accident ménager marin le plus fréquent, combien de fois faudra-t-il le répéter?) Notre diligence n'est qu'assez modérément sensible à la gîte, mais il y a tout de même six mètres de dunes, dehors.

Steph est sorti prendre l'air et je l'entends se baguenauder sur le pont, je l'entends siffler aussi. J'entends aussi Chu, vautré dans les coussins dire :

— Tiens, il appelle ses copains, il va sauter, le dauphin.

Où étais-je pour avoir aujourd'hui encore l'impression que sa phrase mit un temps infini à m'atteindre, à prendre un sens, à me faire tourner la tête, à me faire bondir. Steph était de l'autre côté de la filière, prêt au plongeon, au grand, au vrai, au dernier. L'image est là, aujourd'hui encore, au milieu de la feuille que je remplis. Je pourrais en dessiner les contours. Combien de temps faut-il pour passer de la cuisine au balcon arrière? On pourrait chronométrer, trois mètres. Comment le cerveau fait-il pour commander que la main se saisisse d'un col de vareuse? D'où vient la force qui permet qu'on bascule un homme, qu'on le soulève, l'arrachant au danger, pour lui cogner la gueule contre le sol l'instant d'après? D'où viennent le tremblement, le goût de fer, le dégoût de l'instant d'après? Comment se fait-il que lui qui est passé à deux doigts d'une mort certaine ne trouve que « Pardon, pardon »... à dire?

Je regarde la mer, c'est un boxon informe, personne ne va jamais chercher personne là-dedans. Il faut, dans une mer pareille, un quart d'heure pour qu'un équipage rompu aux exercices revienne avec certitude sur ses traces. Les vagues font mentir les repères, cachent l'immense majorité de la surface.

Sur d'autres bateaux, nous avons fait des exercices de maniement à la voile, par des temps pourris, pour voir. Balancer un sac poubelle, compter jusqu'à trente et crier : « Un homme à la mer, sauvez-le! » De nuit, de jour, nous n'avons jamais rien repêché au-dessus de vingt-cinq nœuds de vent. Il faudrait pouvoir grimper en haut du mât, s'y maintenir malgré la folie des accélérations là-haut. L'escalade en montagne est, comparée à l'escalade d'un mât sur une mer folle, une activité de dandy, le mât est le bronco poisseux de sel d'un sinistre rodéo, les voiles sont des tapettes à mouches, le mât est un bélier, et tout cordage un fouet, je ne dis rien du vent parce qu'en montagne aussi, le vent cherche parfois à souffler à terre les présomptueux. Nous aurions tout tenté si Steph était passé à la baille, peut-être est-ce pour cela que je m'entends lui beugler que ce n'est pas un conard comme lui qui va endeuiller ma vie de marin. Il est penaud, acquiesce absent.

— Debout, va te laver, tu pues, l'eau est chaude!

Je pourrais expurger, ne conserver que les faits d'armes, laisser deviner que nous avons toujours fait ce que conseillerait, embusqué derrière son bureau, un patron de service de psychiatrie, prônant d'adoucir la crise d'un fou avec ses psychotropes, une armée de collaborateurs et l'aide technique d'un service. La mer se plie mal aux ordres. Elle est l'univers le plus hostile *dixit* Poupon qui sait *a priori* de quoi il parle.

J'ai confié, il y a juste un an, à l'un des plus sérieux services psychiatriques parisiens un homme au bout du rouleau qu'un océan trop rude pour lui avait naufragé. J'ai pris mille précautions pour avertir du sens du mot. J'ai détaillé mes jours et nuits de veille, l'impasse, l'absolue nécessité du repos forcé. Au bout de trois jours d'observation, le patron soi-même a signé le billet de sortie. Le lendemain Michel s'arrachait le cœur d'un coup de fusil.

La mer est le dernier espace de liberté que rencontrent ceux qui fuient, ceux que le monde satellise, mais elle impose d'autres normes. Elle garde prisonniers de leur « bout de bois », « ce sol qu'ils se sont fait eux-mêmes », ceux qui ont échappé aux vraies prisons de pierre. En taule, l'homme est désarmé, en mer, il a à se battre, à opposer « l'intelligence », « ruse suprême » face à « l'élément le plus rusé, le moins sûr, le plus menteur ». « Ceux qui la sillonnent doivent être courageux, risquer, mépriser vie et richesse »... insiste Hegel, qui, ne sachant pas plus qu'un autre comment conclure, écrit : « l'activité à laquelle la mer invite est tout à fait particulière et c'est un caractère tout particulier qu'elle réclame ». L'Histoire s'est encore compliquée depuis. Un homme est maître après Dieu... qui n'existe plus.

Il m'est particulier de surveiller un homme nu qui se lave, me lançant tous les instants des regards craintifs, implorants. Steph a perdu la notion du dessus, du dessous, celle du haut du bas, du dehors du dedans, la raison. Ses gestes devenus incohérents ne s'enchaînent plus, il est incapable de se laver. J'égrène : « Assieds-toi, prends le savon, oui, ce truc-là, c'en est, savon dans le seau, bien, sors-le, frotte, le cou, sous les bras, recommence, les bras, le bide, lève-toi, mets un pied dans le seau, prends du savon, trempe l'autre, lave-le, lave-toi le zob, shampoing maintenant... Je lui verse de l'eau sur la tête, chasse le savon, le rince encore. Quand il n'y a plus d'eau, il prend encore le savon, je le lui retire des mains, le lui échange contre une serviette. Je lui tends des fringues propres, lui rappelle comment on s'habille. Je l'installe dans le carré et lui propose une cigarette allumée. Il en arrache une bouffée puis l'oublie entre ses doigts, je la lui confisque juste avant qu'elle le brûle.

Steph ne dit rien, il me montre du doigt l'horloge du bord, puis, approximativement, la direction de Chu. Je suis censé comprendre, je fais comme si. J'apprends après. Nous avions franchi un fuseau horaire. Cette insaisissable quadrature du globe avait fait tomber la dernière notion à laquelle Steph s'accrochait encore. Même le temps décidait de jouer contre lui. Chu avait mis la pendule à l'heure, détraquant définitivement l'horloge interne de Steph. Comble de malheur, Chu en avait profité pour expliquer la manip et je le soupçonne d'en avoir rajouté trois boites. « Le temps reparti en arrière » avait à lui seul suffi à terroriser notre perdu qui me mit en garde :

— Méfie-toi, il prépare un mauvais coup, il détraque tout, je l'ai surpris… Chut! Le voilà…

J'aurais volontiers échangé à un facteur un joli pourboire contre un calendrier des postes ou acquis à prix d'or tout article revêtu d'un aspect officiel susceptible de borner le temps. Steph se croit pris dans un traquenard. Il se voit dépouillé de tout, fugace image du temps incluse. J'aimerais la lui restaurer, mais me perds en vaines fouilles de nos réserves sur lesquelles ne trônent que les gros caractères noirs des dates de péremption. Il n'a que nous pour repères et il a cessé d'y croire.

J'essaie la radio, il la juge détériorée prenant prétexte des parasites :

— Je te le disais, il touche à tout, il pète tout!

Il réclame une cassette pour contrôler si le lecteur fonctionne toujours et s'étonne – déplore? – que Chu « n'ait pas encore réussi à le bousiller ». Dépité, il me plaque et part inspecter sa couchette. Chu en profite pour venir discute des thérapies possibles. Steph revient nous livrer à peine plus tard le résultat de ses observations : « Un désastre! »

Tandis que Chu court mesurer l'étendue des dégâts, Steph se blottit contre moi. Immobile, il fixe fasciné une microscopique miette de pain perdue au milieu d'un désert de table. Au bout d'un quart d'heure, je la lui cueille délicatement de l'extrémité d'un doigt mouillé, la lui présente.

— Tu l'as attrapée facilement!

— Rassure-toi elle est dressée.

Je ne sais pas pêcher les remèdes locaux et la pharmacie ne contient rien de ce qu'il conviendrait de prescrire. Je ne l'ai pas inventoriée sur l'instant, mais elle m'avait fait songer à la trousse de première urgence héritée de mon grand père. Son descriptif fera l'affaire : deux rangées de flacons de verre aux bouchons rodés : Éther, Élixir parégorique, Gargyl, Arnica, Tercinol, Ammoniaque, Ricin, Eau de Mélisse des Carmes, Léniforme, Teinture d'iode et des compresses.

Il faut que Steph dorme, pour lui, pour Chu, pour moi. Il réclame « des cachetons ».

— T'en prends souvent, « des cachetons »?

— De temps en temps.

Je revois les toxicos du centre de rééducation (d'accueil) qui avaient le don de rebrousser le poil avec leurs réponses évasives.

— Tu te défonces?

— Non, non.

Chu, en retrait, accompagne une grimace entendue d'un signe de tête. J'insiste :

— Arrête de me bourrer le mou, Steph, tu prenais des cachetons.

— Non, non, jamais.

— Tu ne fumais pas non plus?

— Pas beaucoup.

— Combien?

— Une fois de temps en temps.

— Qu'est-ce que tu fumes?

— J'ai arrêté.

— Je sais, mais d'habitude.

— Des Camel.

— Écouté Steph, au sud de la Loire, personne ne fume ses Camel sans mélange.

— Non, non.

— Des Camel, plus de l'herbe, plus du hasch?

— Pas beaucoup.

— A midi et un peu le soir?

— Oui, un peu.

— Steph tu vois, là on n'a rien, on est clairs comme le bedeau de l'église de Vesoul, mais on va quand même te faire un petit mélange, un Glifanan, un Primpéran et une Nautamine, ça t'aidera peut-être à dormir, c'est momentanément le seul cocktail que nous puissions tenter. T'as pas peur des mélanges au moins?

Steph gobe ses trois cachets dont le choix judicieux aurait peut-être permis de soulager une entorse mais en aucun cas sa fêlure. Je l'accompagne dans sa cabine. Chu a entre temps confisqué les objets magiques que Steph y avait entreposés. Je change les draps, les borde. J'attends qu'il s'allonge. Il exige une bouteille de *Volvic* « parce que c'est bon pour les bébés ». Je lui donne sa jouvence et clos sa lourde.

Nous faisons le pauvre inventaire des rapines de Chu. Une boîte d'allumettes, des mégots clandestins écrasés dans du papier, la carte de la traversée annotée de manière incompréhensible, divers ustensiles de thaumaturgie, deux bibelots et un carnet recouvert de signes cabalistiques. Une feuille de bloc, datée et signée de manière approximative, dit : « Avant de me mettre à l'eau, je veux parler à Stéphane Grindel ». Chu ironise : « Va lui parler Grindel, faut pas rigoler avec les dernières volontés. » Sur une autre feuille du bloc, Steph a inscrit le nom de son père, celui de son plus jeune fils qu'il a raturé, le patronyme de Chu figure déformé. Steph a écrit le sien sous la mention Nord, le mien sous la mention Sud. Il n'avait pas suffi que nous portions avec Steph les mêmes prénom et surnom, le sort s'était acharné : Chu porte les mêmes prénom et surnom que le père de Steph. Chu m'apprend que la relation entre Steph et son père est difficile. Maintenant seulement, il ajoute que le père de Steph lui a confié avant leur faux-départ : « Steph est fragile, il faut se méfier de lui parce qu'il a quelque chose à se prouver… »

A dix heures, Steph sort un bras, puis sa tête, de l'étroit capot qui donne sur le pont. Il a tracé une méchante étoile sur la paume qu'il oriente face au soleil. Je l'y laisse. A onze heures il n'a toujours pas bougé. Je descends le voir. Chu suit. Steph a imbibé son matelas du contenu de deux des bidons de la réserve d'eau, il a aussi éventré plusieurs bouteilles de plastique. Tandis qu'il gardait son bras étendu vers l'Astre, « pour reprendre sa respiration » disait-il, de l'autre, il écopait. Écoper signifie qu'il puisait l'eau de mer à travers son hublot pour la déverser sur sa couchette.

Steph sent à nouveau très fort. Chu craque, l'insulte. J'annonce à Steph que je vais condamner sa baie vitrée donnant sur la mer et changer son couchage pendant que son cotuteur le conduira aux chiottes dans l'autre flotteur. Chu se pince ostensiblement le nez. Steph se laisse conduire.

Assis sur le trône, il se confie :

— Tu verras Chu, ils viendront le chercher, tu ne le regretteras pas.

À leur retour tout va bien, Steph entre dans une cabine en ordre équipée d'un matelas sec. Je démonte la serrure de sa porte, frappe un bout qui traverse de part en part ma mansarde pour ressortir dans le cockpit par le vasistas, je fais trois tours au winch de spi vacant et je souque.

Je rentre supprimer du carré tout ce qui peut ressembler à un danger, à une arme par destination. Naviguer impose un minimum d'outillage. Je veux bien planquer la pharmacie, mais un bateau sans couteau, ni fourchette me coûte davantage. Plus de compas à pointe sèche, plus le plus petit bout de ficelle, exit la torche-matraque, la manivelle de winch de secours, les fusées, les allumettes, le carré est aussi nu que pour une visite de désarmement. Les mains glissent par réflexe coutumier vers des endroits vides de tout. C'est fou ce qu'elles sont lentes à désapprendre.

Chu s'emporte :

— On ne peut même plus vivre à cause de ce con-là!

Je lui reproche de ne pas vouloir admettre que nous veillons un grand malade. Il s'obstine à penser qu'un coup de caveçon ferait l'affaire.

— Un débile, je te dis!

Je ramène de la pseudo-science : *debilis* est faible. Steph est faible et je ne vois pas ce qu'il y aurait à gagner à enfoncer les faibles, quant au qualificatif de « débile mental », on le réserve à des adultes qui ont un âge mental situé entre sept et dix ans, j'attends que tu me le démontres.

— Il les a même pas!

Je propose un récipient pour absorber le trop-plein d'agressivité de Chu :

— On va amender ton contrat d'embauche. Il nous faut deux livres de bord. Tu en tiens un en secret, un journal où tu consignes les hauts faits de l'épopée. Je me charge de l'autre, de l'officiel, celui que Steph pourra consulter pour savoir où nous sommes et pour qu'il comprenne de quoi ont été faits les jours durant lesquels il était dans le sac.

Chu est d'accord, court dans l'armurerie quérir de quoi écrire (un crayon est toujours une arme) et il commence sur le champ à noircir son cahier. La mutinerie qui m'a promu premier chat-fourré l'a fait greffier. Ce récit s'alimente de son travail, pille honteusement ses minutes. S'il y avait eu une chance que sa prose brute soit publiée, je n'aurais rien entrepris. J'ai attendu cinq ans qu'un peu d'oubli couvre les blessures. Je n'ai pas depuis remis les pieds sur mer, je me libère des fantômes, je les ensevelis. La lecture du compte-rendu de Chu laisse deviner à quel point la mémoire sait mentir, me mentir, sans cesse elle réécrit, confond tout, les jours, le temps. Elle comprime trois jours en un et en étale d'autres sur une semaine.

Je lis des incidents dont je croyais qu'ils dataient d'une autre croisière, d'un autre océan. Je suis surpris de lire que Steph est venu piller, en Suisse, du gâteau que j'avais cuit au cours de la dernière nuit blanche. Je suis surpris de lire qu'au pire moment j'avais laissé entendre à Chu que nous allions sans doute croiser un fier bâtiment de la Royale, que nous le joindrions par radio et qu'ils viendraient nous délivrer du « colis ».

Tout ne figure cependant pas aux minutes de la traversée, y manque, en tous cas, une explication qui me trottait dans le chou depuis belle lurette. Rentré précipitamment de vacances et auto-promu patron, j'étais maintenant en droit de l'exiger :

— Chu, tu vas me raconter sans charre et en détail pourquoi et comment vous vous êtes ramassé la perche sur le coin de vos vilaines caboches.

CHAPITRE CINQUIÈME

— Si t'as envie, je peux faire débuter l'histoire plus tôt. Je peux te raconter notre premier convoyage. Steph cherchait un équipier pour aller de Sainte-Maxime en Corse, sur le *Ko*, un cata super qui avait fait le tour du monde.

— C'est mon ancien bateau.

— Je sais bien que c'était ton bateau, pourquoi tu me coupes?

— Je sais que tu sais, mais imagine qu'on nous entende, chacun peut savoir à quel point le sort sait être ironique et le monde petit. Pardonne-moi, continue.

— C'était la première fois que je montais sur un cata de croisière en hauturière. Steph m'a expliqué sur quelles écoutes tirer, comment se réglait le pilote automatique. Au milieu de la nuit, le vent s'est levé un peu fort, on a réduit la toile. Steph m'a donné le premier quart, il est allé dormir, en réserve, pour le cas où. Le vent a encore monté, mais je n'ai pas voulu le réveiller et j'ai pris d'autres ris.

— J'espère que tu as remarqué qu'il y avait quatre bande de ris, comme sur les bateaux qui naviguent dans des endroits où ça souffle.

— Je ne m'en souviens plus, mais j'étais assez fier et surtout je me disais que Steph devait être un super bon pour réussir à dormir dans une mer pareille. J'ai partagé le relais avec la petite nana qui était avec nous et j'ai dormi. Quand je me suis réveillé la Corse était en vue, j'ai raconté comment ça s'était passé, la fille aussi, il nous a félicités. Steph a fait l'atterrissage comme un chef, j'étais super content. Trois mois après il m'a proposé de remettre ça avec l'Atlantique, je n'ai pas hésité une seconde, ça faisait dix ans que j'en rêvais, j'en ai pas dormi de la nuit. Nous sommes partis sur l'*Artaban* à cinq de Ouistréham, le lendemain de Noël. Steph pestait, il trouvait le bateau mal préparé et trop chargé, mais on rigolait bien. On prenait les quarts à deux, nous étions assez nombreux pour. Steph jouait au patron, il a même tenté de se mettre hors-quart, mais il a fait machine arrière quand je suis monté sur mes ergots. Devant l'Espagne on a touché du vent, pas la tempête, mais ça soufflait. Avec les autres on a voulu aller se mettre à l'abri, il a voulu continuer. Il faut dire qu'on ne savait pas exactement où on était. On a envoyé les moteurs pour s'appuyer, le bateau était trop chargé et plongeait dans la vague, surtout, le trampoline était un trampoline en toile à voile…

— Tas de misérables *haschschâschî,* vous aviez gardé le trampoline pour péquins, le spécial hauts-talons du Salon?

— Il n'y avait que Steph qui y connaissait quelque chose.

— Vous n'avez pas vu les vagues le remplir?

— On lui a dit. Il a répondu que le bateau était costaud. Il n'a pas voulu qu'on ralentisse et puis une grosse vague de travers a noyé tout l'avant, elle a plié la petite poutre sous le trampoline servant à raidir la transversale.

— Et vous n'avez pas vu?

— Si j'ai vu, je voyais que ça, je lui ai dit. Tout l'avant n'était plus qu'une grosse poche d'eau. Ça a plié la poutrelle, il m'a dit que la poutrelle pliée ne servait à rien, que la plupart des catas n'en avaient pas. Après c'était le réveillon, j'avais pas envie de rigoler, je suis aller me pieuter. Eux ils ont fait la java toute la nuit, musique, champagne et tout le merdier. Un putain de bruit m'a réveillé, le mât venait de se casser la gueule.

— Pauvres givrés! Et l'autre guignard qui prétend croire à la *jettatura!* Vous l'avez fait exprès, chapeau! Vous vouliez la totale? Elle est tombée où la perche?

— Sur l'arrière, juste au-dessus de la barre.

— Personne ne barrait?

— Non, enfin, si! La petite nana qui partageait la couchette du capitaine, mais elle venait de rentrer s'allumer une clope.

— Sinon, à tous les coups elle ramassait! Assommée par le mât ou décapitation au hauban? Il fallait la laisser choisir : Oh la barreuse, t'as une préférence?

— Le mât! Il est tombé pile au dessus du siège de barre. Viens voir la marque!

Devant les éclats du gel-coat je ne peux m'empêcher de suspecter de partialité les chevaliers de la croisade anti-tabagique : le tabac sauve! Chu me laisse méditer le temps d'aller me chercher un « truc ». Il plonge dans son flotteur et en revient avec ce qu'il est convenu d'appeler un instantané.

— Tu vois, rien qu'avec cette photo-là, je pourrais lui coller un rapport au cul.

Le cliché représente l'avant du bateau juste après la catastrophe. On y voit l'aluminium des poutres déchiré et les lambeaux de toile du trampoline trempant dans l'eau, la désolation.

— Et vous avez fait quoi après?

— On a tout balancé.

— Vous n'avez rien récupéré?

— Rien, Steph était en panique, le mât trempait dans l'eau, les voiles, les haubans, tout le bordel! Il y avait un panneau cassé, on embarquait de l'eau dans le carré. Il s'est précipité sur le coupe-haubans…

— Il n'a pas dû couper grand chose avec sa cisaille tout juste bonne à rafraîchir une haie.

Les Affaires Maritimes persistent sans doute à la faire figurer sur la liste du matériel de sécurité pour éviter qu'une panique n'ait de trop dramatiques conséquences, elle est hors d'usage dès la premier contact avec l'inox.

La veille du départ, faisant le tour de l'outillage, j'avais pris la pince en mains et m'étais demandé pourquoi ils n'avaient pas préféré une trousse d'outils en plastique pour enfants, ça ne sert pas à grand chose non plus, mais, au moins, ça ne rouille pas, et ça flotte.

— Comme il n'arrivait à rien, j'ai dévissé les haubans et on a tout largué.

— Et direction l'Espagne.

— Oui, Jadez, pour téléphoner la bonne nouvelle et faire le plein. Le propriétaire a demandé qu'on retourne au moteur à Nori. Là, on a débarqué une demi-tonne de matériel en surcharge qu'on devait livrer de l'autre côté. Steph, en bon fayot, n'avait pas osé le décharger avant de partir.

— Et vous avez bourré le mou à tout le monde?

— Steph nous a fait jurer de ne rien dire.

— Et au chantier ils ont gobé? Ce n'était pas de votre faute?

— Oui, ils ont fait semblant, Steph leur a raconté une histoire de paille dans la poutre et visiblement personne n'a cherché la petite bête. De toutes façons c'était leur trampoline, ils auraient dû savoir.

— Il n'y a pas un double de la déclaration de sinistre?

— Si, il y en a un dans sa valoche.

— T'es sympa de me le raconter maintenant! T'aurais peut-être pu me le dire un peu plus tôt, un peu avant Madère par exemple… On n'en serait peut-être pas là?

— Avant ton arrivée, il m'a fait répéter la promesse. Je ne devais rien te dire, quoi qu'il arrive. Il avait déjà claqué tout le fric du convoyage. Il aurait pas pu rembourser.

— Et t'as respecté?

— J'te connaissais pas.

— Avec trois pages de mon bouquin tu te serais peut-être fait une idée.

— Je me suis farci toute la bibliothèque du bord excepté ton bouquin. Steph ne jurait que par toi. Et Grindel par-ci, Grindel par-là. Tu vas voir ça va changer avec Grindel... et cetera, et cetera. Au bout d'un moment je l'ai envoyé chier, je lui ai dit qu'il me cassait les couilles avec son Grindel et il l'a mise en veilleuse. Je voulais même qu'on parte avant que tu nous rejoignes. On a eu trois jours de beau temps, on aurait pu passer.

— Franchement, ç'aurait été une excellente idée.

— Moi aussi, je trouve, mais, pas de pot pour toi, il a refusé.

— Il flippait?

— C'était pas mon problème.

— Ça l'est devenu.

— Comme tu dis.

Quel petit conard de skipper d'opérette, ce pipeur s'est fabriqué tout seul la gangue qui l'englue. Il a de la chance de dormir et de ne pas être en forme, sinon il se serait pris ma main dans la gueule, aller, pour me prendre pour une bille, retour, pour tentative d'assassinat sur équipière.

J'expose à Chu pourquoi je ne voulais pas faire demi-tour. Fin février le coin est pourri, on est trop haut. Sur quatre jours, on a toutes le chances de ramasser du mauvais temps, on a eu jusqu'ici la chance de passer sans histoires, mais si on veut continuer à jouer avec la flotte, mieux vaut éviter de jouer avec le feu. Les dépressions que nous croisons passent juste dans notre Nord. Chaque mille gagné vers le Sud est un pas vers la sécurité. Si nous avions fait demi-tour, cap sur les Canaries, Steph aurait entendu le bateau tomber dans la vague choc sur choc, sa crise n'aurait pu que monter, secoué comme il semble l'être, ce n'était pas vraiment la peine d'en rajouter. Épuisés nous aurions pris trop de risques.

Il y a pléthore de routes de cargos, on devrait en croiser tous les jours. Si les conditions sont bonnes, on leur demandera de nous balancer un sac avec des somnifères et des anxiolytiques, dormir n'a jamais rendu un homme plus fou ni plus malade, c'est l'affaire de quelques jours. L'idée d'un secours extérieur plut à Chu. Bonne vieille Providence!

Je poussai mon avantage :

— Il nous faut tenir le coup et, dès que nous aurons accroché un alizé régulier, le bateau se transformera en village-vacances, bronzette et soleil. A ce jeu-là, en trois jours, Steph est caïman neuf, ni lui, ni nous n'aurons plus aucun souvenir de ce qui s'est passé.

— *'m'frait chier!* Il a dit Chu pour foutre par terre les jolis plans que je tirais sur les passages de comètes.

Vingt heures. La mer s'est calmée, nous avons préparé une tambouille de belle tenue. *Sony* joue de la musique douce, le personnel soignant a eu exceptionnellement droit à un apéritif privé servi avant que j'aille mollir l'écoute de porte pour convier le personnel soigné. Nous devons insister pour que Steph consente à quitter son *babygro*, une grenouillère *Héli-hansen* qui écrase du poids de sa rancissure les fins fumets de nos efforts culinaires.

De drastiques options de sécurité nous font le devoir de l'installer au centre de la banquette qui nous sépare. Chu marque ostensiblement son indisposition et se lève pour bloquer grand ouvert tout ce qui est susceptible de ventiler le carré. Steph effaré de la démesure des efforts excédés de Chu, conclut que « Ce bateau est vraiment une merde ». Je me saisis de cet assaut de lucidité subite et m'empresse de renchérir en lui demandant pourquoi je devrais être le seul à ignorer dans quelles conditions tombent les mâts sur des « merdes » pareilles. Steph baisse les yeux sans répondre, ce n'est sans doute pas le moment. Je me la ferme.

Steph émiette son repas qu'il mange avec les doigts tandis qu'avec Chu nous rivalisons d'efforts de distinction dans le maniement de nos petites cuillères. Steph fixe Chu qui évite son regard autant que faire se peut.

Avant la fin du repas, Steph balaye sans prévenir tout ce qui se trouve devant lui d'un revers du droit, bombardant Chu du schrapnell des débris de deux verres explosés. Chu, qui voit rouge à la première tache sur ses affaires, se mord la lèvre, bondit sur Steph qui, malgré un réflexe pour se protéger, écope d'un poing dans la gueule, d'un coup de boule et d'un début d'étranglement. J'arrache Chu à sa besogne exterminatrice. Il consignera sur son cahier : « Il me le retire avant que j'aie le temps de le réduire en miettes ». J'agrafe Steph au collet, je l'extrais un peu brusquement de son refuge sous la table et le raccompagne au pavillon des dingues sans me soucier de savoir si ses ripatons touchent terre ou non. Devant sa porte je l'avertis de la montée de moutarde : il commence à m'indisposer sérieux avec ses conneries!

Il me prend les poignets, les rapproche de son cou et hurle :

— Tue-moi, tue-moi, je ne peux pas vivre comme ça!

J'ai fait : « Ohohohohohohhhh! » environ mille fois plus fort que lui. Ça a médusé le Dauphin et calmé je.

— Qu'est-ce qui te prend, t'es fou ou quoi? Pourquoi t'attaques Chu? Il t'a rien fait? En plus, les dingues on ne les tue plus, depuis au moins trois siècles. Quand on ne les met pas sur les bateaux, on les boucle avec en prime un carcan ou une chemise sans manches pour les furieux.

Steph dit vouloir nous laisser et retourner à Madère.

— T'as raison, c'est par là, vas y, nage, les carcans ça flotte !

J'ajoute que pour un garçon qui n'aurait jamais dû quitter Nori, il devrait au contraire être extrêmement fier et heureux d'avoir, déjà, dépassé Madère. Il eut de nouveau droit au cocktail d'à-midi, mais cette fois en version placebo, seule la *Nautamine* était d'origine, les deux autres « cachetons » n'étaient que de pâles imitations moulées à la mie de pain dans le pas de vis d'une manille.

— Croque pas, avale ! Bois ton verre !

J'ai raidi l'écoute de sa porte après lui avoir conseillé de dormir ou bien faire semblant, d'hiberner si possible.

Le bruit du foc claquant au vent, le carré repeint à la sauce tomate, les bouts de verre éparpillés, Chu livide, tremblant comme la feuille sur laquelle il cherche à confesser son dernier crime me poussent à lui demander s'il ne connaîtrait pas dans le coin un petit hôtel sympa et pas cher, genre pension de famille, pas trop loin des pistes. Chu préférerait le Sahara.

— C'est une idée, qu'elle est bonne, après les Antilles on va l'emmener en convalescence traverser le Sahara.

Chu raconte le Sahara. Il l'a traversé pour de vrai avec des potes et des Peugeot qu'ils allaient revendre au Niger (ou au Tchad, je ne sais plus, non, au Togo). Au milieu du désert, ils ont vu un arbre, un seul, ils ont campé au pied. Chaque matin, ils avaient pour habitude d'effectuer une grande volte d'adieu au campement avant de filer tout droit sur la piste. Et ben, je naviguais avec le mec qui était parti de sous un arbre et qui avait fait une large volte à belle allure pour aller se payer de plein front, le seul, l'unique arbre de tout son coin de désert. Remettre en route et nettoyer le carré furent alors jeux d'enfants.

Une heure plus tard le débile, pas Chu, l'autre, recommence son tapage. Chu et Steph inventent un jeu d'invectives passe-cloisons. L'un peste, l'autre vocifère et le ton monte. Je réclame le signalé service de se taire. Chu s'y plie. Steph compense la défection de son duettiste. Nous coupons l'alimentation électrique de sa cabine. Il gueule pour obtenir de la lumière, nous passons un marché, de la lumière contre du silence. Il accepte et s'endort, je coupe la lumière.

Recru de fatigue au sortir d'une nuit blanche et d'autres fort pâles, je ne connais qu'un moyen de prendre et tenir un quart. Il faut se munir d'une petite minuterie de cuisine, la remonter à fond pour armer la sonnerie, emmener le mécanisme en sens inverse pour le temps, régler sur dix minutes, et s'asseoir dehors. Dix minutes est le temps minimal nécessaire à un cargo au départ non visible sur l'horizon et à un voilier marchant bon train pour se retrouver en *rumbo collisiòn.* C'est aussi le temps qu'il faut pour que le vent devienne dangereux si l'on a pris soin de naviguer avec un peu moins de toile qu'un bateau sous surveillance en porterait.

J'envoie Chu piquer un somme et extrais de ma trousse de première urgence la minuterie miracle. Tout est noir, silencieux et calme. Je suis ivre de fatigue, pourtant l'œil ne se ferme pas, pile-poil la situation inverse de celle des sénateurs en séance. Je finis par emprunter la barre au pilote automatique qui se débrouillait fort bien sans moi et j'attends. Louvoyant dans un flot de pensées aussi embrouillées que définitives, j'attends que « Monseigneur l'astre solaire » daigne s'annoncer dans mon dos d'une tache laiteuse sur l'horizon.

Les hostilités reprennent vers six heures quand notre azimuthé hurle en désordre dans un sabir approchant, de fort loin, la langue de Shakespeare.

Au hasard des insanités du brame, une partie du discours est identifiable : « Get-up, stand-up and fuck you! » « Get-up, stand-up » est emprunté à une lancinante et célèbre chanson de Bob Marley, le conseil d'aller se faire honorer (outrager?) est lui, emprunté au langage populaire sans, à mon avis, la moindre référence musicale. J'essaie, pour donner le change, un anglais châtié, mais Steph déserte Albion pour l'Empire du Soleil

Levant et adopte un parler haché emprunté aux robots des feuilletons télévisés japonais :

— Je... suis... moi, je suis... moi..., je suis moi.

— D'accord, t'es toi, mais tais-toi fort. Repose-toi pareil, c'est le mieux.

Notre ténor lyrique se met alors à psalmodier de langoureux appels à la prière. Chu, accablé des peu orthodoxes exactions vocales du muezzin, se laisse convaincre de l'opportunité du port du voile qu'est le spi.

Il s'en va passer les écoutes dans les poulies idoines, mais, au-dessus du *Vélux* de Steph, une main jaillie de nulle part se saisit de la gambette du bon Chu qui avait l'oeil ailleurs, lui flanquant une mémorable frayeur. Chu se dégage, Steph parvient à sortir la tête et un bras par l'étroite ouverture et, prenant Chu pour son fils, il lui hurle mauvais : « Assieds-toi, assieds-toi, assieds-toi, petit Laurent! Assis ici tout de suite! » Chu lève l'écoute encore lovée et, foin de mon cri : « Noooooon! », abat à belle force sa glène sur la tête de Steph. Et... Et... Ô miracle, Steph n'a rien! L'élasticité de l'opportune filière du balcon a encaissé le choc, tout le choc! La corde s'est immobilisée à un doigt du massacre. Il y a, sur cet épisode, divergence. Chu a noté autre chose, je recopie : « plus surpris qu'effrayé, je lui balance un coup d'écoute (à côté du hublot) pour l'effrayer...! » Dont acte (falsifié).

Chu disjoncte à son tour et se prend pour Sigmund. Il détaille la rationalité de l'imaginaire de Steph. Chu représente le père (même prénom) tandis que je suis la mère qui l'a couvé tard (Steph m'écoute). Chu se souvient avoir entendu Steph dire que sa mère « aurait mérité mieux ». Chu, figure du père, incarne aussi le second fils de Steph, « fruit de l'amour » dont la mère a (opportunément selon Chu) déserté les bras de Steph quelques mois plus tôt. Steph rejette donc l'agressivité née de la déception de l'amour sur ce petit fruit de l'amour que Chu a représenté l'ombre d'un instant, dans l'accès du délire… Ma foi, ça ou d'autres conneries, la psychanalyse a tout de même pondu bien pire. Merci docteur, à la prochaine conférence vous nous faites le thanatos et le raptus?

En dehors des séances de divertissement spirituel, le quotidien s'épaissit, il confine au pénible. Il me faut découvrir le moyen d'éviter que Chu et Steph se rencontrent, version compliquée de la barque, la chèvre, le chou et le loup, où tout se joue cette fois entre les deux rives. Il est dorénavant exclu qu'ils passent à moins d'un mètre l'un de l'autre. Ils ne veulent pas comprendre que la chèvre n'a pas le droit d'attaquer le loup, et qu'à gamberger sans avoir ni l'un, ni l'autre, rien dans le chou, ils me rendent chèvre. Quand Chu disparaît dans son flotteur, je sors Steph en laisse dans le cockpit pour qu'il puisse se dégourdir les jambes et « cloper ». Je lui inventorie les services que notre trois étoiles met à la disposition de sa clientèle sans supplément de pension, des repas à toute heure en cabine, ou bien dans le carré, mais, là, seulement quand le loup y est pas.

Steph veut les deux, plus exactement, il veut le carré dans sa cabine. J'explique pourquoi j'y suis opposé, puis nous parlons d'autres choses. Il mange peu et mal, je lui ai pourtant cuisiné des *empanadas* fourrées à la macédoine en boite et dorées au jaune d'œuf, forme de prêt-à-manger choisie pour éviter qu'il ne renouvelle ses questions embarrassantes sur la disparition des couteaux et des fourchettes. « Enfin, ça peut pas être perdu… t'as demandé à Chu? » Les meringues qui ont le bon goût de prendre feu dans le four – je n'allais tout de même pas jeter les blancs – me dispensent de répondre. Steph dédaigne ma flottille de petits bateaux brûlés et va se reposer. Je gratte mes meringues.

Au repas privé suivant Steph est prostré. Je prends peur, le débarbouille. Il reste immobile. Je lui tends du manger, il se l'écrabouille autour de la bouche. Je lui tends une américaine, il n'y touche pas. Je lui propose de marcher, il refuse. Il se replie en position foetale, affiche un sourire mort et n'en bouge plus. Je cherche à savoir quels repères familiers il saurait encore distinguer. J'extrais de ses affaires une photo de ses gosses, pas de réponse. Je lui propose un coup à boire, il ne réagit pas. S'il bouge, il se met à puer très fort. Je m'assieds à coté de lui et commence à lui raconter une histoire, la nôtre, qui il est, qui est Chu, qui je suis, je me répète, dis son prénom à tout bout de champ, ceux qui veillent les comateux, ceux qui parlent aux autistes procèdent ainsi. Je propose une bouffée de ma cigarette, il accepte.

Au bout d'une demi-heure il se détend, se départit de son attitude de tortue à la tête suspendue. Il me parle. Je souffle vers lui un peu d'air que j'avais en trop.

— Ça va aller?

Il fait signe que oui. Nous faisons un petit tour dans le cockpit, j'aimerais du gazon.

— Crache dans l'eau.

— Pourquoi?

— Pour me faire plaisir.

Il crache, sourit. Il demande à regagner sa cabine. Je change ses draps – je sais, c'est souvent, on n'en a pas mille, c'est moi qui lave et le vent qui sèche. Je lui alloue trois *Nautamine,* il s'endort. Je compte, ça fait deux jours que nous aurions pu (dû?) faire demi-tour, tant que ça n'en fera pas quatre je me sentirai protégé par l'idée qu'il n'y avait de toute manière rien à tenter.

Je branche la VHF, écrase le bouton du combiné.

—*To all ships, to all ships, good evening. Artaban is calling, Artaban is calling.*

Blanc.

—*To all ships, to all ships, Artaban is calling, Artaban is calling, over.*

Long blanc.

— T'appelles le Père Noël?

— Non, seulement un adjoint. Comme tu me vois mon cher, je m'apprête à lance un *mayday.*

— Ça se mange?

— Non, mais c'est du français à la *Worcester sauce.*

— En clair?

— Quand nous discutions à coups de canon avec les navires de Sa Majesté, ceux de ses sujets qui savaient nager suppliaient nos ancêtres : « M'aider! M'aider! M'aider! » Ça leur est resté.

— Au moins, ça leur a appris le Français, aux biftecks.

— Et eux, en échange nous ont enseigné un peu d'anglais avec leur S.O.S.

— C'est pas « SecOurS »?

— Ca marche aussi, mais en principe c'est *Save Our Souls!* Sauvez nos âmes.

— Ils auraient pas pu dire : « Sauvez nos...corps »?

— Si tu avais un peu écouté à l'école, tu saurais que chez eux *corpse*, c'est cadavre.

— A cause de leur blancheur?

Je m'entaille maladroitement la couenne pour la troisième fois depuis la veille. C'est de trop mauvais augure pour ne pas prendre des précautions. Un moniteur de vol à voile expliquait qu'en deltaplane la conjugaison de trois erreurs était nécessaire pour qu'un accident se produise. Si la règle vaut sur nos vaisseaux, force est d'admettre que le simple fait d'être encore entiers et vivants nous transforme en anomalie statistique. En forme, Steph est capable d'un score de conneries à l'heure approchant, celui d'un gamin de deux ans en bonne santé. Le bateau, lui, descend rarement en dessous de dix par jour, quand ils tournent tous deux à plein régime, on dépasse allégrement le cap des trois conneries au mille. Au cours du même mille, ils ont perdu deux fois des lunettes de soleil, empanné, renversé un café, vrillé une manille, récusé un nom de famille, tortillé un spi, demandé si on était à l'endroit où à l'envers, grippé un winch et, pour couronner le tout, Steph a demandé à Chu de le tuer. C'est d'une légèreté sans nom! Chaud partisan de l'euthanasie, prodigue de services et toujours prêt à consentir des sacrifices pour le bien de la communauté, Chu aurait fort bien pu accéder à la demande. Si on en croit son journal : « mon sang boue dans les veines », un dysfonctionnement vasculaire le retint de se faire assassin par altruisme.

Nos erreurs se stockent à la pelle, il faut un holà, renverser la vapeur, dormir. Le manque de sommeil est l'antichambre du danger, dormons.

— Chu, il faudrait que je dorme

— Ok, va dormir, je m'en occupe. Il est bouclé *le débile*?

— Il est bouclé, il dort, mais je vais détendre la corde.

— Et pourquoi?

— T'as jamais lu attentivement une notice de frigo? Faut toujours laisser la porte ouverte pour accélérer le dégivrage?

— A part ça?

— On ne sait jamais, tu t'endors, un problème...

— Je ne vais pas m'endormir, t'inquiète, boucle-le.

— On est trop fatigués pour augmenter les risques, on est sous spi, près de la route des cargos, c'est non.

— Ok, mollis, va pioncer je m'occupe de tout.

— Il faut, en plus, que tu me jure un truc, Chu : jamais tu le touches.

— S'il me fait pas chier...

— Chier, pas chier, jamais.

— J'peux pas jurer.

— Ok, oublie! Je dormirai quand t'auras changé d'avis.

— Je jure!

— Laisse-moi dormir vingt-cinq milles si tout va bien. Au moindre problème, réveille-moi.

— Ok.

— Si tu vois une étoile filante nous arrivant droit dessus, tu fais gaffe, ça pourrait bien être un des lambins du *Globe-Challenge*. Méfie-toi, ils sont un rien plus solides que nous, très pressés de rentrer et ils dorment pour paraître en forme sur la couverture de *Marie-Patch*.

— Ok, je leur fais un baiser de ta part et leur passe le sac de courrier urgent.

— Surtout rien avec Steph, c'est « mon » prisonnier.

— Oooooo-kay.

— Tu jures.

— Je jure ... et j't'emmerde.

— Moi aussi.

— Bonne nuit.

— Merci mon ami.

Avant de m'allonger, je frappe une extrémité d'un bout à casser sur la porte de la couchette de Steph, l'autre enserre mon gros orteil. Sur la couchette défile la cassette de la première mi-temps, je me vois quitter le banc des remplaçants, on nous siffle, puis c'est une avalanche de cartons rouges et jaunes. Je croyais penser, mais un truc mou-dur dans les marrons et les rouges, un peu comme un filet maillant m'a hâlé à toute vitesse dans un univers s'apparentant à celui des aventures de Blake et Mortimer, avec, en plus, partout, des petits points verts et rouges qui clignotaient. Surnageaient, comme filtrés, les échos d'un lointain combat.

CHAPITRE SIXIÈME

« Infidèle et parjure Manon! » Chu m'a laissé errer sept heures dans d'insondables domaines.

Je livre son journal.

« Samedi 2 mars, 0 h. 30

J'ai décidé de rallonger un peu mon quart pour laisser dormir Grindel quand le débile m'appelle à travers son capot :

— Chu! Ne me laisse pas ici, je vais crever d'asphyxie.

— Comment veux-tu crever d'asphyxie avec la tête hors du capot?

— Faut qu'on parle Chu.Tu t'appelles Chu, moi Steph, ne me laisse pas crever.

— De quoi tu veux qu'on parle?

— De mes gosses.

— Stop! Je m'en branle de tes problèmes, j'ai les miens.

— On a besoin l'un de l'autre, tu es tout seul, tu vas finir sur ce bateau pendant des millénaires.

— Ta gueule, je ne veux pas que tu réveilles Grindel.

— Tu ne sais pas, mais moi oui, trois fois sept vingt-et-un, sept fois trois vingt-et-un.

— Ça va pas mieux débile...

— Tu ne peux pas savoir mais j'ai déjà fait trois dépressions, non deux, et il y a la Magie noire. On m'a jeté un sort.

Je m'approche pour qu'il parle moins fort, mais il en profite pour me choper le pied que je retire tout de suite, mais la chaussure reste dans sa main et il la jette à l'eau : je me baisse et de toutes mes forces lui flanque mon poing dans la gueule ; il retombe dans sa couchette les mains sur son visage.

— Ça va là? Tu as compris conard? Tu veux que je te tue? Gros tas de merde!!!

Je suis hors de moi et tremble comme une feuille ; je me calme et retourne le voir, je ne suis pas fier de l'avoir à moitié assommé, mais je n'en peux plus ; je lui parle calmement, lui explique qu'on fait son boulot, qu'on a besoin de calme ; il a l'air de comprendre et éteint sa lumière ; ouf, je retourne à la table à cartes, je suis à peine arrivé qu'il remet ça :

— Qui est mort. Tu m'as tué. Tu m'as tué deux fois.

— La ferme merde!

— Il fait jour et pas nuit, vous vous trompez tous.

— Ok, ok. Tiens, prends-ça!

Je lui donne un cachet, il va me faire six crises de suite, toujours sur les mêmes sujets, des fois peureux et pleurnichard, des fois agressif et fou furieux… Je suis crevé, j'en ai ras le bol! »

Fin de copyright.

« Une bonne correction, il n'y a rien de tel » murmure-t-on encore dans d'arriérées chaumières. Je ne sais sur quoi se fonde le propos, toujours est-il que, sur notre caravane flottante, et pour paraphraser Nerval : « le vieil adage a reçu une percutante confirmation ». Steph allongé pour le compte, n'a pas troublé l'insolite quiétude de mon quart. Mes visites soucieuses m'ont permis de constater qu'il respirait toujours et même plutôt plus régulièrement qu'avant. Il émerge quand le ramdam des drisses sur le roof fissure le béton de son knock-out. Nous sommes affairés à une manœuvre aussi urgente qu'hasardeuse requise par l'arrivée d'un grain brutal sur un mer qui enfle quand Steph vient nous faire admirer la qualité de son maquillage. Il a une pommette rose vermillon. J'attendais le violacé, il sera pour plus tard, avant que toute la joue ne vire au jaune et au violet par pur souci d'équilibre des complémentaires.

Chu est persuadé que Steph simule et en rajoute. Pour Chu, les délires de Steph ne sont que partie émergée, poudre aux yeux pour dissimuler la peur, pour nous donner l'illusion d'une dépression nerveuse. Le fait que la nuit, les accélérations, les coups, les bruits, les brusques changements soient les facteurs déclenchants des accès, lui permet de tout réduire à un réflexe de peur. Je suis assez démuni et n'ai que des bribes d'expérience à lui opposer. J'ai vu des gens crever de trouille qui ne déliraient pas et j'ai croisé des givrés qu'avaient « même pas peur », mais qui faisaient des trucs délirants. Il faudra se renseigner, fouiller les livres, je suis certain que nous sommes au beau milieu d'un chapitre du bouquin qui répertorie par cas-types les dérèglements psychiques. Pour l'heure, il suffit d'avoir l'impression que Steph va mieux… et de vouloir y croire.

Ça siffle! On nous a sifflé. Nous ne savons ni où, ni qui, mais, c'est certain, c'est pas Steph, et « ça » a sifflé. Et « ça » re-siffle. Cette fois nous localisons, le son est sorti de la radio en veille. Nous sortons. Un cargo encore petit s'accroche à la ligne de nos Vosges.

— Good morning. Sailing boat is calling the ship, Artaban is calling, over.

— Balsa to the boat, do you need help? Over.

— Yes please, oll-korect, WE NEED HELP. Thank you sir. Do you copy me? Over.

— Please spell your name and your flag.

— The name of the boat is Artaban, Alpha, Romeo, Tango, Alpha, Bravo, Alpha, November, from France, Fox-trot, Romeo. Correct? Over.

— All correct. Our name is BALSA Bravo, Alpha, Lima, Sierra, Alpha, from Manilla, Mike, Alpha November, under command Captain Sepnio, Sierra, Echo, Papa, November, India, Oscar. Please wait a minute, I call my captain, over.

Il a de la chance celui-là! Il a l'air d'avoir un capitaine en bon état. Je décide de traiter d'égal à égal avec mon homonyme : « Bonjour Monsieur ». Je lui résume en un compact *digest* les chapitres précédents. Je parle de notre capitaine pas solide à nous qui nous a lâchés à l'aube de la gloire et qui a un peu déraillé en pleine ligne droite. Il nous faudrait des… mais bon sang, comment appelle-t-on en anglais des produits pour qu'un capitaine calmisse, des *calm-a-mar*, des *peace-makers*, des *still-lives*, des… des *« sleeping-tablets, please, sir »* et nous n'avons pas d'ordonnance.

Le capitaine en bonne santé veut des détails. Craint-il d'encourager le mutin? J'élude, mais dis que mon inexpérience me permet de supputer les chances du terme de l'accès à trois jours. Compte tenu que d'une part les Antilles vers lesquelles nous sommes en train de cingler bien comme il faut sont encore loin, que, d'autre part, la mer n'est jamais qu'aléas, s'ils avaient, sans toutefois se démunir, de quoi nous donner un peu d'avance, ma foi, ce ne serait point de refus, mettons… pour huit grosses journées, en dose d'attaque.

La discussion progresse, le capitaine semble d'accord pour les secours. Je fais simultanément des signes désespérés à Chu, pour lui montrer qu'il faut préparer un bout d'amarrage, rouler le foc, mettre les moteurs en route, sortir les pare-battage sur tribord, prendre un second ris dans la grand-voile, préparer une glène d'urgence, sortir des gilets et des harnais pour le cas où, enfiler des gants et débrancher le pilote, le tout, sourire aux oreilles et pouce levé pour montrer qu'on vient d'être chronométrés en tête, c'est sûr, on va gagner.

Chu qui comprend ni l'anglais, ni les gestes, déduit qu'il faut sortir un sac poubelle, ficeler Steph, gonfler l'annexe et, sitôt qu'ils se seront débrouillés pour récupérer le colis, nous partirons dare-dare en sens inverse. Il fait le V de la victoire, entame une sarabande, montre la couchette de Steph, puis mime et remime hilare le lancement du volumineux paquet.

Le capitaine Sepnio détaille la manœuvre (son monstre à 10° du vent et nous nous blottissant sous le chaud de son aile), puis il laisse ma voix en compagnie de celle de son infirmier tandis qu'il va mettre son bateau en commande manuelle. Je n'ai pas idée de ce que la manœuvre va lui coûter et j'ignore qui devra régler l'addition, mais cela m'apparaît à la fois extrêmement cher et, compte tenu de la situation, étonnamment bon marché. L'infirmier m'égrène la liste de ses produits de première nécessité rangés au rayon *sedatives* – Bon Dieu, c'était donc ça! – C'est bien simple, on est tombés sur des trafiquants, ils ont tout! Le problème est que je ne sais pas choisir. Loi du marché oblige, les médicaments saxons ne portent pas les mêmes pseudonymes que leurs homologues hexagonaux.

Je pose le téléphone et m'adresse tout bas à Chu pour lui détailler le sens de ma pantomime de tout à l'heure. Soudain grésille dans le haut parleur le mot miracle : « phénobarbital »! Je crie au pharmacien *« Ysessesir »* et lui demande de m'accorder une pause, le temps de prendre un ris. Il est peut-être inscrit maritime, l'apothicaire, mais visiblement le sens profond de : « *Just time to take a reef in the main sail with Chu* », lui échappe. Il consent cependant à m'accorder le *short while* nécessaire *to go and give a hand to my colleague*.

Les vingt-cinq nœuds établis lèvent une mer classée entre assez désagréable et très désagréable sur l'échelle de coupée. Le creux flirte avec la barre des cinq mètres, ce qui signifie qu'à chaque vague nous montons et descendons de dix – en tout. Toutes les vingt pulsations de la mer nous escaladons et désescaladons un Sacré-Cœur, pas seulement les escaliers! Tout le gros vilain pâté sacro-saint. C'est une image – pieuse. La centaine de mètres de la coque de Notre Sauveur ne le dispense pas du mouvement d'ascenseur, lui aussi monte et descend de six mètres, parfois plus, mais à sa cadence.

L'objectif de la manœuvre est de réussir le plus petit *deal* hauturier de toute l'histoire du trafic de drogue, performance qui, nous le savons, en l'absence de témoin officiel ne peut malheureusement prétendre obtenir l'homologation du Guinness Book. Nous devons récupérer, pour notre usage personnel, un sac contenant, en poids toxique réel, moins de soixante milligrammes de drogue dure. Même avec l'enrobage d'excipient *q.s.p.* le poids est si faible qu'en palpant le sac plastique j'aurai l'impression qu'ils ont omis d'y glisser la défonce.

Chu est handicapé, il ne peut pratiquement plus bouger sa main endolorie. Il a si peu tapé fort dans l'os zygomatique de Steph qu'il a l'impression que tous ses métacarpes droits sont aussi finement broyés que les os dans une boîte de pâté dit « de campagne ». Il s'installe à la barre. Gerbault avait coutume de dire qu'il était l'équipage de son bateau et non le capitaine. La chance qu'il avait! Le terrible est d'être les deux.

Nous remontons vent debout pour aller nous cacher à l'abri du vent du *Balsa*. Il file sept nœuds pour rester manœuvrant, le vent apparent dépasse trente nœuds. Nous ne voyons pas se former les vagues qui déboulent irrégulièrement du dessous du ventre d'un mur de tôles rivées. Au point le plus bas du bastingage, c'est à dire haut sur l'eau, un homme vêtu d'une veste blanche de mitron agite un sac de plastique bleu roulé en boule. Lâchant la bride à la puissance vapeur de nos trente-six chevaux *in-board* nous remontons à dix nœuds, manette à fond.

Le bateau danse. Je décide d'affaler la grand-voile. Voltige sans valdingue, je me fais surprendre deux fois les jambes à l'horizontale. Épuisé, je fais signe à Chu de se rapprocher davantage des flancs de l'écueil. A quatre mètres, il trouve que ça suffit, je lui fais signe que non. A trois, il est certain d'avoir abordé. A deux, un marin me lance une remorque qu'ils sont deux à tenir en main. Devant mes yeux dilatés par l'inquiétude et l'hésitation, l'un d'eux me rassure d'un geste, ils ne fixeront pas leur extrémité et, cordage en main, ils molliront à la demande. Je glisse une large ganse bloquée par une délicate bouffette sur le bec d'un taquet, artifice pour pouvoir larguer l'amarre en cas… tastrophe. La page « héli-treuillage » du manuel de secours en mer me passe sous les yeux. Je revois le dessin d'un homme affairé dans ma position, le dessin est frappé de l'interdit d'une immense croix rouge et des caractères gras stipulent qu'il ne faut jamais attacher le filin de l'hélicoptère au bateau. Je pense pouvoir faire éclater de rire le foudre de pêche qu'est Chu en lui montrant le cargo et en criant : *« Viens may-day, je cruâ j'ay pay-chay un grow! »* Chu a un blocage. Il ne peut pas s'approcher davantage, il préférerait éviter la collision. Il ne sait pas casser un bateau.

— Du nerf, braque tout!

Il crie et me fait grossièrement signe que je suis raide ravagé. Je cours lui arracher la barre des mains, le bateau danse au hasard des remous, barre tout bâbord, puis, immédiatement, l'inverse, l'amarre n'arrange rien. J'approche, nous descendons dans une vague, je fais comme si je voulais m'écraser sur le râpeux mur brun du blindage, la vague nous lève, Artaban monte, haut, haut, le *Balsa* descend. Deux costauds, au balcon de l'immeuble qui s'enfonce, retiennent empoigné leur infirmier qui se penche, la paroi de tôle est à vingt centimètres. Je renvoie toute ma barre, nous montons encore, je vois la main de Chu tendue vers le sac. Elle le touche, s'en saisit, les deux bateaux sont immobiles. Chu fait passer le sac bleu d'une main dans l'autre, relève sa main, touche celle de l'infirmier. Je hurle « Laaaaarrrgue! » Chu fait sauter l'amarre. Nous plongeons, eux montent, la barre répond, nous nous écartons. Nous sommes à cinq mètres. *Safe*. Nous rions comme des cons, eux pareil, ils nous applaudissent. Nous levons les bras au ciel, flashes, photos, reporters. Ce matin, Bubka, c'était nous…

Chu excité comme jamais montre le bateau :

— J'ai touché sa main! J'ai touché sa main!

Il est miraculé, n'a plus mal.

— J'ai vu Chu. J'ai vu.

Je lui confisque le sac.

— Prends la barre! J'ai un coup de fil à passer.

— *Balsa, Ko is calling. Thanks a lot Captain, nice move, perfect, congratulations, Thank you, thank you, thank you very much.*

Je me suis trompé, j'ai donné le nom de mon ancien bateau, je m'en aperçois en adressant de grands gestes à la passerelle. Je rappelle, corrige, le capitaine ne comprend pas. Il me demande si ses toxiques nous conviennent, j'aplatis le sac de la main qui ne téléphone pas, blêmis, fouille, je ne trouve d'abord rien, sueur froide, puis le tout petit sachet contenant les minuscules comprimés. Un papier l'accompagne, posologie et contre-indications sont doublement soulignées au feutre rouge. Le papier en main, je ne parviens pas à lire. Le capitaine me répète que les médicaments sont au tableau « A », ou rouge, qu'il faut respecter les doses, trois prises par jour, pas plus, deux cachets maximum. Je jure, remercie, promets encore, sors photographier le tas de ferraille qui s'éloigne.

Chu a coupé les moteurs et renvoyé le génois, calmant le jeu. Je rappelle confus, où pourrai-je vous adresser une lettre de remerciements. Le capitaine me dicte une adresse alambiquée, je suis incapable de la noter correctement, la manœuvre était dangereuse, le corps se souvient, ne sait pas se calmer, les genoux s'entrechoquent, mon écriture s'essaie aux idéogrammes d'après la peur. Je remercie une dernière fois, puis je regarde longtemps dans les petits trous idiots du combiné téléphonique avant de le reposer.

Combien de temps s'est écoulé entre le sifflement de la radio et la fraction de seconde nécessaire pour que se grave en mémoire l'image des deux mains tendues, entre le largage et les remerciements? Chu, qui possède une montre, a noté deux heures et demie, ça me paraît beaucoup. Je suppose qu'il se trompe, mais il est pour l'instant inutile de chercher à en tirer davantage. Victime d'atrophie lexicale, Chu ne dispose plus que de : « Eh ben putain, putain de merde! » C'est tout juste suffisant pour communiquer.

Je descends voir Steph, je lui agite sous le nez le sachet de la délivrance. Il me demande où je l'ai retrouvé.

— Eh ben merde, putain de merde! Retrouvé? Prise de guerre mon con… Pas retrouvé, gagné! et sur le champ de bataille encore! En haut d'une colline de Manille qui est passée à trente centimètres de ta fenêtre!

Il me regarde interdit, comme si j'avais déjà bu et me donne une idée, puis il retombe dans sa prostration.

Son antre est un cloaque, tout est trempé. Tandis que nous jouions à saute-thalwegs dans les moutons, il touillait dans un seau chaussettes, merde, pisse et caleçons.

— « Prends-ça, c'est du miracle, je vais vider ton bac à sable, tu dors trois heures, après je viens m'occuper de toi, on nettoiera tout, on va bientôt arriver, on n'a jamais été si près, dors ».

Il sourit, prend mes deux comprimés sur la langue, boit, déglutit. « Fais voir, ouvre la bouche. Lève la langue... Ok, c'est bon, à tout de suite ». Il s'allonge.

Nous mettons bout au vent, allons rétablir la grand-voile, elle est lourde, monte à grand peine. Mais putain de merde d'économies de bouts de chandelles, jamais ils feront des voiles que l'on peut hisser sans ressortir raide naze. Plaisance, dit la doc! Nous reprenons le cap abattus. Surf, onze nœuds, sans les mains. Beau fixe.

Je lève haut la bouteille de rhum. Toast au Soleil. Je dévisse la capsule, je laisse couler l'ambre, rebouche, lance la bouteille à Chu, elle pivote en l'air sur son axe. Il la saisit au vol de la main gauche, il met une manchette sur le bord du goulot, la capsule saute. Chu se tourne, porte un toast au point noir qui fait du morse sur l'horizon. Le vent fait sonner le col de la bouteille, Chu l'incline, trouve le la, sourit. Il lui met une petite tape amicale, puis une vieille claque. Il se lève, me repasse le relais, puis s'en va aplatir la grand-voile qui bourdonne. Il retrousse les manches de son short, débranche le pilote automatique et prend le volant pour un gymkhana.

— Si tu vois un arbre, tu l'évites!

— Ta gueule mon capitaine!

Après deux heures de manège ponctué de jolies glissades et d'exclamations enjouées, « Treize! », « treize trois! », « Quatorze! » Chu décide d'abandonner son poste quand je réclame entre cinq et six nœuds pour pêcher une daurade coryphène. « Pas trop grosse, dans les quatre, cinq kilos, pour mettre dans les lasagnes ce soir ».

Après avoir jeté un rapide coup d'œil sur la couchette de Steph, qui se ventile par la porte que je ne crains plus de tenir ouverte, Chu béat me demande de traduire intégralement la notice qui accompagne « leur truc qui a l'air vachement efficace ». Je traduis au jugé. Il applaudit des deux mains quand mes approximations bienveillantes des indications thérapeutiques se superposent aux symptômes qu'il a cru déceler chez Steph. Il est aux anges en apprenant que l'action de la drogue devrait prévenir l'agressivité, les insultes et les absences. Quand c'est fini, il a encore une requête :

— Relis-la moi, ça me fait trop de bien!

Pendant que nous y sommes il aimerait connaître de quoi sont faites les subtilités qui permettent de distinguer un somnifère d'un calmant, un anxiolytique d'un antiépileptique, un hypnotique d'un sédatif. Je lui réponds qu'il n'y a guère plus de différence qu'entre un corbeau nanti de deux pattes pareilles, notamment la gauche. Il se découvre fatigué. Je lui propose un cacheton, il décline en disant que la folie est à tribord… « chez les Steph! »

— Oh Chu, si tu veux faire médecine, faut que tu te grouilles de déposer un dossier, avec ton stage en hôpital psychiatrique itinérant, ils devraient te prendre directement en deuxième année.

Après la gouaille d'un irrépétable dernier quolibet, il est allé se refaire une santé, tandis que je transformais aux petits oignons une daurade apatride en spécialité italienne à la nage dans l'huile d'olive, haie de tomates pelées au jus, dernier rameau de basilic, blindage au parmesan.

CHAPITRE SEPTIÈME.

Il fait presque beau, tout dort, c'est l'armistice, l'après-apocalypse. Un manque immense écrase tout. Comme si le chamboule-tout nous était devenu indispensable, comme si, à la faveur de je ne sais quelle élucubration mentale, les lourdes exigences qu'imposent l'égarement de notre tyran domestique s'étaient muées en besoin, comme si l'univers s'était restructuré autour de l'assaut de la folie qui nous a faits geôliers.

Steph sort du noir, il a dormi deux heures. Le toxique a des effets secondaires de sérum de vérité. Steph a des cadeaux pour moi, le paquet de cigarettes qu'il avait réussi à soustraire à la vigilance de nos fouilles, deux boîtes d'allumettes encore dangereuses, « Garnement! » et ses vêtements d'hiver dont il assure n'avoir désormais plus l'usage. Il ne compte plus sortir de « chez lui ». Il a décidé de se sédentariser maintenant qu'il dispose du « chiffre magique » qui le protège. Je le lui extorque après palabres : « Trois fois sept vingt et un, sept fois trois vingt et un! ». Il demande si je comprends, je lui oppose que non, pas nettement. Il trouve cela tout à fait curieux :

— Parce que si on le dit à n'importe qui, tout le monde comprend, c'est bizarre, sauf toi!

Sachant qu'il a refusé de se livrer davantage, si un lecteur éprouvait une incompréhension voisine de la mienne, il serait gentil de me gratifier d'un petit mot pour briser mon isolement – court, c'est pas la peine d'en mettre une tartine, genre « Moi aussi j'ai pas rien compris », ça suffira, je comprendrai.

J'entreprends de lui donner, à la cuiller, un bol d'une *custard,* certes grumeleuse, qu'il s'obstine à appeler yaourt et qu'il trouve, sans doute pour cette raison, « daubé ». Il n'en veut pas, il a ses raisons : « C'est pas le moment d'être malade! » Il accepte une tisane. Je transforme sa pagaïe en palace. Il veut qu'on lui foute la paix : « Etre tranquille cinq minutes, t'entends? » Il me prie de sortir, son domestique l'importune.

Chu se pointe, demande :

— Il ne dort pas?

— Pas vraiment.

— Et merde!

Je boucle Steph, me boucle et abandonne le soin du bateau à Chu.

J'entends Steph réclamer ses lunettes de soleil... Pas de réponse...

— Chu! Chu!

— Tiens, tu sais qui je suis maintenant, hein?

— Oui, t'es Steph.

— Non, Steph, c'est toi.

— Et toi, t'es qui, alors?

— Pinnochio!

— Bon d'accord, t'es Chu. Eh, Chu, je crois que j'ai enlevé la retenue de bôme.

— Rassure-toi elle est encore là.

— Alors c'est que j'ai dû enlever un truc plus grave.

Chu tente une entreprise de restructuration en le questionnant sur ses proches. Il évoque jusqu'à la chienne de Steph, mais tôt déçu, il lâche les aléas de l'anamnèse pour le concret du barbiturique.

— Ca te fait du bien tes cachets?

— Non, j'en prends plus, ça me fait un mauvais goût dans la bouche.

— Bon, écoute, ton problème c'est que tu penses, faut pas! Faut dormir, cachets égale dormir, dormir égale pas penser! Dors! Ok?

— Je veux sortir avec vous trois...

— Plus tard, plus tard...

Nouveau réveil une demi-heure plus loin, je me lève. Nous décidons de présenter notre pensionnaire au paysage, une trompeuse pelouse rase, annexe privée de la mer des sargasses. Nous nous assurons de l'absence de dauphins dans les parages immédiats, puis harnachons et assurons le nôtre. Le panorama lui déplaît. Nous lui avons menti, il attendait des arbres, une île, une oasis, que sais-je, il a faim. Nous rentrons, puis ressortons presque aussitôt en terrasse pour le *teatime* le détenu toujours en laisse. Biscuits, re-tisane.

Le biscuit dans la main, Steph lui fait jouer au sous-marin dans le bol, puis le soulève. Miséricorde! le biscuit se suicide au moment d'être mangé. Steph se l'étale sur la cuisse du plat de la main. « Porc! » lâche Chu. Deuxième biscuit, seconde chance. Succès mitigé. Remontrances. Steph dégustera sa quatrième trempée avec une affectation de lady et la maîtrise du tremblement qui va avec.

Il lorgne sur le compas de relèvement. Je le lui tends :

— Quel cap suit-on?

Il juge ma question ardue, sourit. Se retourne vers Chu, attendant qu'il lui souffle. Sans réponse, il retourne au compas et demande s'il pourrait emprunter la boussole. Ce n'est pas faveur à refuser à un égaré.

— Garde-la et tâche moyen de retrouver le Nord.

Il exige soudain sa cabine.

— Déjà? C'est bon de prendre un peu l'air. Non?

— Oui! j'en ai marre d'être dans ma cabine! Quitte à être dans cette merde, autant être à l'extérieur... Pas vrai?

— ...? ...?

— Je peux rentrer maintenant?

Il franchit l'ouverture du carré, mais, funeste équivoque, se trompant de flotteur il se dirige vers bâbord et se fourvoie dans la cabine de Chu. Chu l'y poursuit en hachant des ordres secs. L'essentiel de notre armurerie de campagne est dissimulée dans son réduit et il préfère les confrontations à mains nues.

— Dehors! Foulkhandla Sakhamaird! Tu ne rentres pas chez moi! Ok?

— Elle est où, ma cabine?

Et dé ma plou belle voix, *io canto* :

— Quand c'est fini-n-i-ni-ni, ça recommence-en-en-en-ce...

Une fois Steph aiguillé, je demande à Chu où il a acquis une telle aptitude à beugler de la sorte :

— Tu n'as tout de même jamais été caporal-chef d'infanterie?

— Sergent qu'il répond, avec un masque qui dissipe l'envie d'en rire.

— Rampouille?

— Engagé trois ans. Ça m'a suffit.

— Raconte.

Il avait devancé l'appel pour s'affranchir de la tutelle paternelle et pour disposer tout de suite des clefs des cœurs que sont une solde et la tenue numérotée qui s'y attache. Aux « trois jours », voyant de l'intérieur le morne de la caserne, il avait changé son fusil d'épaule. Il avait « merdé exprès » les tests, bâclant ce qui ne pouvait être trop évidemment saboté. Son sous-officier de père, qui poireautait à la sortie, avait attendu la tiède et ronronnante intimité de l'automobile pour justifier de la gueule qu'il tirait :

— Tu avais de très mauvaises notes. Si je n'avais pu rattraper le coup en m'arrangeant avec un collègue, tu n'étais pas pris!

Les boules, il avait eu Chu, des amygdales en ballons de rugby, si j'interprète correctement le geste qui accompagnait sa narration.

L'œdème résorbé, après moins d'une semaine de service actif, Chu mesurait la rigueur de la cabane pour rébellion ouverte. Il avait collé son poing dans le visage du sergent de semaine. Utilisant la lettre de la copine de Chu comme stimulus pavlovien, le sous-officier exigeait, malgré cinq tentatives désastreuses, que Chu franchisse la porte du poste de police en se présentant et en saluant correctement, premier devoir de la soldatesque en formation. Par la missive arrachée et au bout d'une folle course pour aller la lire, Chu avait appris que sa fiancée avait fêté son départ dans les bras d'un remplaçant à la hauteur du challenge. Le sergent de semaine avait fini par piéger notre héros défait. Il « lui avait rendu la monnaie avec intérêt, le crâne, le ventre et les roustons… », lui ravalant le physique au niveau du moral.

Chu avait tout tenté pour mettre en évidence l'incompatibilité latente de son tempérament à fleur de peau avec les normes enracinées dans les replis du Drapeau. Ils l'avaient gardé, gradé même, mais promené de fausses promesses en voie de garage et de voies de garages en gares de triage. Les Sentiers de sa Gloire l'avaient fait atterrir dans les hangars d'un aéroport militaire du Midi, attaché au piquet d'incendie. Le désoeuvrement total.

« Un jour, un dimanche, on entend un zinc qui fait des essais de coupure de moteur. Je t'en coupe un, je te le remets en marche, je coupe l'autre, je te fais joujou avec les commandes et ainsi de suite. La tour de contrôle ne nous avait rien dit. Je gueule après mes types, je passe une veste de treillis au-dessus de mon short de bulle et on saute dans le camion-citerne d'intervention, cap sur le terrain. On y arrive pile au moment où l'acrobate, un moteur en rade, essaie d'atterrir, mais se crashe. Le bimoteur prend feu. On approche le camion, deux de mes quatre zouaves ont les jetons et désertent. Le troisième est trop loin de l'appareil et refuse de l'approcher. Je mets toute la pression et il décolle aussitôt cramponné à son tuyau. J'approche encore le camion de l'avion et je le noie de toute la puissance de la lance fixe ».

L'aéronef éteint, Chu s'était précipité hache en mains pour ouvrir le flanc du zinc sans trop se soucier des pointillés de sécurité dessinés sur la carlingue. Il avait fait sortir vite fait les merguez. La plus grosse, la plus fumante, était le sous-préfet de région, suivaient une ou deux légumes à peine échaudés, une poignée d'étoiles, des barrettes comme au surplus militaire, quelques journalistes à la flamme patriotique et le pilote, tout le monde indemne. Fracassant succès.

— Sans moi c'était cuit pour eux, c'est le cas de le dire. Et tu sais ce que j'ai eu pour ça? Une engueulade pour non respect des pointillés et une autre parce que j'étais arrivé débraillé et en retard, la tour avait prétendu qu'elle nous avait prévenus. Quant à la décoration, c'est mon supérieur qui la porte, il m'a « incité » à la refuser, soit-disant que je n'avais fait que mon devoir. Les boules! T'imagines, tout le monde est là, le grand tralala, sonneries, revues, le général appelle mon nom, je sors des rangs : « Non merci, Mon général, je refuse, je n'ai fait que mon devoir! »

— T'as marché?

— Je suis pas dingue, c'était ça ou l'impossibilité de valider les permis que j'avais passés chez eux.

— C'est eux qui t'avaient appris à viser les arbres.

— Non, mais ils m'ont appris deux ou trois trucs pour rentrer dans le lard des…

— Eh, Rambo, t'as jamais éteint de porte-avions? Raconte…

— Pauv'bab!

Les milles s'engrangent. Mal. La traversée pourrait être brève, le mériterait. Il nous faudrait pour cela disposer d'un gréement adapté à la taille du bateau. Nous naviguons sur la version dite « des ploucs », « gréement court », la version « location » ou encore « sous-toilée » ou plus méchamment encore « fifty », d'un navire qui en possède une, sportive, réservée aux vrais riches. Le bateau ne demande qu'à labourer les bosses qui le narguent, mais il se traîne, comme bridé. S'il parvient à accrocher deux surfs coup sur coup, nous supposons qu'il a compris comment jouer, qu'il a enfin découvert la faille – ou nous le bon réglage –, mais il nous déçoit aussitôt et perd une demi-heure à brinquebaler comme s'il avait oublié pourquoi il était venu. On règle, on aplatit un peu la toile, on guette le fasseyement, on bricole le bord de chute, on attrape enfin du vent. Nouvelles glissades, nouveaux espoirs tôt déçus.

C'est la faute du pilote électrique!
— Passe le fouet, Chu, on va le dresser!

Loin de moi l'idée de penser que ces merveilleux engins ne sont pas la plus belle découverte depuis l'œuf de colombe, mais, sur un bateau à voiles, ils sont surtout efficaces quand le moteur propulse le bateau. J'mesplik. Le seul souci vrai du véliphile est l'angle que forment voiles et vent. Dès que le bateau accélère, le vent reçu change en force et en direction ce qui rend caduc le fin réglage de la seconde d'avant. En gros, à réglage identique, plus on va vite à la voile, plus il ne faut pas aller dans la même direction. Donc, soit on dispose d'un pilote automatique connecté directement à la girouette, ce qui permet d'allier sécurité et navigation selon le vent, soit on possède un pilote branché sur le pôle Nord, le temps se passe alors à régler pour des prunes et on traverse un océan un peu à la manière d'un conducteur débutant, ivre mort au volant d'une deux-chevaux, depuis longtemps sortie de la route.

A propos de raideur, Chu vient de me raconter une histoire, la dernière, toute fraîche, celle d'un lambeau de la nuit passée, une vraie. C'est trois mecs sur un bateau. Il y en a un qu'est pas fou, c'est la nuit, il dort, pour ne pas devenir fou. Deux ne dorment pas, le fou et celui qui croit qu'il est pas fou. Celui qui croit qu'il n'est pas fou court dans tous le sens, tire sur des ficelles, embraque des chapelets de gros mots, se casse la gueule tous les deux mètres. Il n'arrête pas de jouer avec le grand jouet rond qui sert à zigzaguer et explique au fou que :

— Tout droit, là où on va, c'est par là!

Le fou regarde par là et ne voit pas que c'est tout droit :

— C'est partout pareil!

Çui qui croit qu'il est pas fou dit au fou :

— La preuve que c'est pas pareil partout, le gros truc sombre que tu vois là-bas sur tribord, c'est un méchant grain, un putain de bain qui chauffe et qu'on va se ramasser sur le coin de la tronche.

A ce moment précis le vent du grain fait peur au bateau qui essaye de s'enfuir quatorze nœuds, mais le fuyard se fait bien vite prendre au lof et la grosse voile d'avant en forme de ballon se met à claquer encore plus fort que les dents du fou.

Çui qui croit qu'il n'a pas de grain dit au fou — pas de panique bonhomme, pas de panique, le grain nous passe derrière, pas de panique...

Çui qu'a un grain dit à l'autre :

— Faut qu'on réveille çui qu'est pas fou.

L'autre lui dit que si jamais il fait ça, il le ratatine. Le fou demande où est la lune. Çui qui croit qu'il est pas fou la lui trouve dansant dans les haubans. Le fou rasséréné va se réfugier à l'intérieur.

Quand çui qui croit qu'il est pas fou se calme un peu, le fou vient lui dire :

— C'est bon, arrête d'être inquiet, tout va bien, nous sommes tranquilles tous les deux, l'autre je l'ai enfermé...

Eh bien, celui qui croyait ne pas être fou, il a dit au fou :

—Eh maboul cinoque, viens boire un coup, t'as gagné ton cachet! que le fou a pris.

Pourtant, c'était vrai, le fou avait attaché la poignée de la porte du mec qui dormait.

Le cachet tardant à produire son effet désirable, Steph profite du délai de latence pour mettre un peu d'ordre dans sa cagna. Il sort l'intégralité de ce qui encombre sa cabine et l'entasse dans la coursive, au pied de chez moi. Il dénoue le lien qui immobilise ma porte, il l'entrouvre, puis en obstrue bruyamment l'entrebâillement avec une question apparemment anodine, mais qui soulève au minimum un quadruple problème, grammatical, sémantique, de logique formelle et philosophique : « Je peux te réveiller? » J'aurais aimé assister à une table ronde rassemblant, au moins, Chomsky, Barthes, Blanchot et Derrida avant de me prononcer, cela m'aurait accordé un peu de répit. Il fallut faire face seul et sur le champ.

— *Que pasa?*
— Y'a un truc que j'pige pas
— Un seul?
— Je n'arrive pas à faire mon lit : regarde!

Je me penche et, découvrant le bel amoncellement qui l'empêtre, je lui concède volontiers que je le vois assez mal embringué, d'ici on aurait plutôt le sentiment que ce garçon déménage.

Je vais visiter Chu qui bat de l'aile sur la barre. Je lui remonte le moral à bloc en lui disant que nous sommes pile à mi-chemin, puis, le temps qu'il compare devant à derrière, je retourne arranger le campement de mon voisin d'exode.

Aux commandes, je règle finement le spi pour battre le record de surf que Chu avait inscrit en gras sous son nom sur un Journal de Bord Officiel qui s'apparente de plus en plus à une feuille de score. Je cesse de jouer au con quand j'ai atteint 14,2 nœuds et vais préparer du café.

Steph hurle. Je me précipite. Il bat l'air en tous sens, dans le noir.

— Oh! Brindezingue! Arrête de jouer avec le vent, ça dégonfle le spi.

— Le hibou, le hibou, il ne veut pas s'envoler.

Nous inspectons la cabine dans laquelle nous trouvons zéro hibou. Steph convient d'avoir « c'est possible » rêvé, mais un rêve avec dedans « j'te jure, un hibou ». Il me demande de bien fermer sa porte pour plus de sûreté et se rendort.

Une heure plus tard, il m'appelle pour je vienne voir. Dans un coin de sa bannette dont il a habilement révisé l'agencement, le matelas, maintenant debout sur tranche et recourbé, protège le coin où il trône rayonnant, assis en tailleur. L'objet de sa fierté est la réalisation d'un superbe nid qui a épuisé toute la réserve de *Sopalin* du bord. Je lui demande si, maintenant, il serait devenu canard. « Comment tu le sais? » J'avais, l'après-midi même, appris, comme lui, par un magazine idiot, avec quelle délicatesse les canes s'arrachent le duvet du cou pour confectionner le matelas isolant qui accueillera leurs œufs. J'étais ravi de constater que d'une part Steph avait cette fois choisi un animal flottant, que d'autre part il s'était remis à comprendre des bribes de ce qu'il lisait, qu'enfin, il se fut mis à construire. Je le décidai cependant à abandonner sa retraite, craignant qu'il soit allé au bout de sa lecture. L'article de l'ornithologue ébaubi par l'intelligence de Mère Nature s'achevait sur un paragraphe traitant de la protection des œufs. Dès le début de la couvaison les canes retiennent leur fiente pour en arroser les œufs en cas d'attaque, une manière de pimenter l'éventuel repas d'un prédateur. De cela, je ne voulais à aucun prix.

A six heures trente, toujours à la recherche de ses lunettes de soleil, le canard, portant bottes et veste de quart vient s'écraser sur l'implacable regard de Chu qui, au nom de je ne sais quel nouveau principe sectaire, refuse d'adresser la parole aux volatiles. Parenthèse pour les bottes, Steph n'a plu que cela à chausser depuis que j'ai réquisitionné ses *dockside* pour équiper mon lieutenant. Geste arbitraire, maladroit et nécessaire qui fait que Steph ne voit plus Chu, mais : « Il m'a pris mes chaussures ». Tel est devenu l'incontournable obstacle. Steph retourne s'en venger sur l'ordonnance de sa literie.

Il revient se confier :

— Le problème, c'est Chu. Il touche à tout. Il fait marcher le bateau tout seul et réussit même à relever la position sur la carte.

— En principe on fait l'inverse, mais, s'il n'y a que ça, ce n'est pas gravissime… Steph explose soudain en sanglots, il me dit avoir « vu, tout vu ce qui s'est passé… »

Chu entre et Steph se met à trembler. Il attend le départ de Chu et montre du doigt l'ombre du commandeur désignant visiblement un coupable, mais il se refuse à rien ajouter. Il soliloque quelques heures *mezza voce* pour conclure publiquement :

— Je crois que Chu veut me jeter à l'eau.

Je me saisis de ce net progrès pour proposer à Steph de devancer l'appel :

— Alors, fais la vaisselle.

Il s'empresse de s'acquitter de sa première tâche directement utile à la vie du bord depuis qu'un coup de tonnerre a ébranlé le ciel serein de son entre-tempes. Plus tard, trempé comme une soupe, il vient me confier le résultat de son enquête. Pendant toute la durée de sa vaisselle, il les a bien observées, à franchement parler il n'a pratiquement fait que ça :

— Les chaussures de Chu... Eh ben, c'est mes chaussures!

Le six mars fut une journée en dents de scie pour nos nerfs aux abois.

C'est le vent qui a commencé. Vers minuit on devinait qu'il avait du mal. Il était devenu un peu courbe. Il l'est toujours, bien sûr, mais d'ordinaire ça ne se remarque pas. Là, ça se sentait. Il avait comme du mal, il patinait et ne tournait pas rond. À trois heures, il nous fausse compagnie. Il laisse la houle. Une houle un peu gauche. Deux houles en fait, qui, ni l'une, ni l'autre ne savent ce qu'elles veulent. Quatre heures, Steph vient me tancer vertement parce que tout gigote, parce que nous touchons sans cesse à ses affaires, parce qu'il ne trouve plus ses chaussures et qu'il serait du coup incapable de nous donner un coup de main en cas de coup dur. Cinq, le vent réapparaît, mou, pile sur notre arrière. Six, une dépression creuse s'annonce dans notre ouest au bulletin du matin. C'était donc ça, ce calme! Sept, le délire paraît vouloir changer de camp.

La pelote de nerfs qu'est Chu reproche à Steph d'être atteint de démence paranoïde. Chu appuie son diagnostic sur le fait qu'à chacun des emballements de notre fougueux esquif, qui met le spi sens dessus dessous et pareil pour les sangs de Chu, Steph bat en retraite en protestant que ce n'est pas sa faute, lui n'a touché à rien.

Huit, constamment embarqués par le pilote nous décidons avec Chu de nous relayer à la barre. Dix heures plus loin, Steph qui les a employées à nous asticoter, met les doigts dans le festin que Chu nous concoctait, déjà d'assez mauvaise grâce. Une seconde plus tard, Steph répond posément (avec un je-ne-sais-quoi de hautain, dira Chu) : « Je suis pas pressé, moi! » à l'ordre de rejoindre ses quartiers que lui intime mon second.

Un feulement de tigre déchire la mer. Je plonge dans le carré disputer la proie que le tigre savate à grands coups de dockside et récupère un Steph raide naze au bas des marches, moitié occis des coups infligés par ses propres chaussures. Chu sort avaler ce qu'il reste d'air autour du bateau et en tire un second hurlement, comme blessé à mort.

Je vérifie, ça baigne, il n'a pas sauté. Il notera sur son *diary* avoir voulu « lui péter la gueule, mais sans vouloir le tuer, j'aurais pu au moins l'amocher un peu, pour qu'il ne parle plus… »

Entrant dans la cabine de Steph j'ai un choc. Tout est impeccablement plié et rangé, tout ce qui est visible est bleu : un sac, un duvet, des fringues. J'en demande le pourquoi. Steph détaille :

— Chu se prend pour moi, il panique, je suis prêt pour le naufrage.

Chu ivre d'ire et d'épuisement, ne parviendra pas à rire du sagace propos que je lui rapporterai.

Le sept mars attaque le moral à sa charnière. Une journée sans vent est un jour de plus en mer et, un jour de mer en plus, merci, servis, nous ne sommes pas fanas-fanas. Je pronostique l'arrivée sous neuf jours et fais jurer qu'exception faite du fringant capitaine qui conserve toute latitude, l'un ne parle plus à l'autre en échange de quoi il ne sera pas battu. La radio annonce un coup de vent pour la nuit. Steph barre quelque temps au jugé, sous haute surveillance, un bateau qui bouchonne à la cape. Il annonce fort et clair son intention de vivre, « maintenant que le temps le permet, à l'extérieur, dans le trampoline ». Et je dis non.

Je pêche un peu plus tard une daurade qui écrase de la moitié de son poids un plat record de Chu. Steph résout de manière littéralement expéditive sa seconde contrainte de vaisselle. Il ne faut jamais vider le seau par-dessus bord avant d'avoir ôté les assiettes qui s'y trouvent, sauf si on en a beaucoup d'autres. Pour se remettre, de ma remarque, il se baffre, en Suisse, la moitié du gâteau au chocolat que je viens de sortir du four. Et je gueule. Ce qui réveille Chu. Steph parle à Chu, il lui dit : « Chu, il faut qu'on parle! » Chu lui répond : « Ta gueule ».

Steph met le couvert pour le dîner : deux assiettes, trois verres, six fourchettes. Nous touchons de la houle, puis du vent. Steph se met derechef à repuer fort et réclame ses cachets.

— Tiens, je croyais que tu voulais camper dans le trampoline?

Pourtant, rien ne manque, l'infini est là, à portée de main. L'horizon, courbe où qu'on l'observe, se joue des règles de l'optique et de la géométrie. Il offre toujours sa bosse au centre du regard et s'aplatit dès que l'attention se relâche. Le champ toujours mouvant appelle l'œil toujours ailleurs. L'endroit où se broient les couleurs est le lieu où l'œil se pose, où l'œil fait mine de se poser, il a depuis longtemps pris le mouvement du sterne, courir à ras des crêtes, à contre-jour du turquoise et de la blancheur qui ourlent le perpétuel déséquilibre de la frange du rouleau. Que la vague se rompe et l'œil s'échappe dans un dernier pied de nez, se riant du danger. Son aile a pris appui sur une touffe d'écume et l'œil nargue, du dessus, la bête furieuse de voir crouler sous elle son inutile puissance. Du chaos *ni gris, ni vert*, veiné de langues de salive surgit un attelage, celui de Caussimon : les chevaux de la mer foncent la tête la première prêts à fracasser leur crinière et j'entends que monte la musique, la musique d'Ostende et Ferré, Ferré qui chante emplissant le silence et le dos se hérisse de milliards d'épines, le frisson envahit la nuque, dresse les cheveux des tempes. Il m'immobilise raidi, au cœur de la charge grandiose des plus beaux chevaux que l'homme se soit jamais inventés.

Sous moi, tendu à se rompre, un char de parade lève deux gerbes qui se perdent en étincelles. La fascination naît à l'endroit où l'eau s'ouvre. Un mètre en avant tout mouvement semble s'être tu, comme si chaque molécule se préparait à lâcher la main de sa voisine pour céder le passage aux aveugles bolides. L'arrondi de l'étrave ne coupe pas l'eau, l'eau s'ouvre d'elle-même, se sépare à l'ultime instant, seules de maladroites micelles jaillissent, comme mues d'elles-mêmes, certaines s'échappent et plongent aussitôt, d'autres, happées se lèvent davantage. L'avant du flotteur les ignore, il les abandonne au vent qui en arrachera une poignée, qui en clouera d'autres sur quelque paroi, qui m'en apportera deux et dédaignera le reste. L'avant du flotteur, poursuivant un autre but, lutte. Il lutte pour sa fierté, pour maintenir l'allure, le train d'enfer qu'impose son frère jumeau, son double de l'autre bord. Ils montent ensemble, plongent ensemble, veillent à ne rien laisser paraître, ils s'appliquent à maintenir toujours l'espace qui les sépare. Ils se savent plus libres que les roues mordant le rails, plus libres que n'importe quelle partie de n'importe quel solide. Et, dans un accord dont personne ne saurait les soupçonner, ils n'en font qu'à leur tête. Qu'on aille regarder le sinueux désordre de la trace d'écume qu'ils laissent au milieu du champ dévasté, qu'on aille voir le temps que la mer chamboulée perd à effacer les traces de leur furieux labour. De là où je les observe, ils ne sont que courage, traversant de biais, toujours de biais, le champ, le grand champ, pré carré infini de ma liberté.

A qui crier que nous sommes les derniers dieux vivants? A qui crier que jamais on n'aura pareille conscience d'avoir définitivement réglé son compte à l'insupportable idée de limite? A qui crier que je vois la folie guetter là à attendre son heure, prête à tout reprendre? Je fais un pas vers elle et interpelle son frère soleil qui devant là-bas, se noie dans les mauves de ma Flotte à courir :

— Toi là-bas, toi, la boule rouge, oui, l'Astre! Je te veux demain matin sept heures, tapi au bout du sillage double.

CHAPITRE HUITIÈME

Longtemps après que le soleil a obéi, Steph, en forme, m'accable d'une offre de service.

— Je te remplace!

Ne saisissant pas ce qui l'aurait soudain remis d'aplomb, je louvoie pour lui opposer qu'il me paraît quelque peu prématuré de le réinvestir dans ses anciennes fonctions. Il dissipe le quiproquo et mon malaise. La responsabilité du bateau, il n'en veut pas, il me l'a donnée, c'est à moi, je me la garde jusqu'à la fin, c'est entendu, de ça, on ne parle plus. Il aimerait seulement prendre des quarts de barre.

Nous nous accordons sur un test préliminaire, pour l'instant je conserve la barre, lui reste debout à mes cotés menant une barre fictive – fictive accroche un brin, mais il est d'accord pour faire provisoirement office de doublure. Il ne doit aucunement tenir compte de ma façon de faire, dès que je serai satisfait, il deviendra mon remplaçant. Il se prend au jeu quelques minutes, mimant à merveille le comportement de la doublure de Red Ader aux commandes de l'hélicoptère dans *Comment j'ai éteint le Puy de Sancy.*

Choqué de l'inanité de mes remarques et pour me plaire, il se met à me copier sans vergogne, geste pour geste. Force m'est de reconnaître qu'il barre remarquablement bien. Je dois vaquer aux soins d'un espar et me vois supplanté à mon retour. Mon successeur habité affiche d'abord un solide mépris de la pourtant contraignante réalité. Il consent ensuite progressivement à se soucier soit de respecter le cap, soit de négocier les vagues, soit, encore, de ne pas trop contrarier le vent, au choix. J'évite de le braquer autant que lui la barre et opte pour une solution minimale :
— A gauche, c'est le coté où il y a le soleil, à droite c'est l'autre. Quand je dis à gauche tu vas vers le soleil et quand je dis à droite tu vas plutôt vers l'autre coté.

Et nous faisons route.
Cahin :
— A droite!
Caha :
— A gauche toute!

Et Chu sort.

Pour Chu barrer est un bonheur, une récompense et l'exercice de sa liberté, un travail d'artiste, de régatier. Il fait mine de se plaindre quand il faut s'y mettre, mais personne n'est dupe. Voir, comme ça, avant le petit déjeuner, un vandale malmener tout ce qui est martyrisable lui fout, *recta*, sa journée en l'air.

— Tu lui as donné la barre? Il est guéri ou c'est toi qu'est pas frais?

Je lui dissimule les racines profondes de ma décision, faute de quoi il ne se gênerait pas pour me faire remarquer, qu'en principe, la rééducation s'effectue sur du matériel agréé par la DDAS et il s'offrirait le malin plaisir de s'acharner sur le généreux argumentaire qui me pousse à refuser de ne confier à Steph que des besognes subalternes, tâches fatalement vécues comme dégradantes par un déchu. Donc mensonge, honteux mensonge de quasi légitime défense :

— Il faut tout économiser.

— Tout?

— A gauche toute! Tout! Le pilote et nous que j'ai entendus geindre, nos forces déclinantes, le sachet de cachets dont les derniers survivants viennent d'être classés matériel de haute sécurité, les crédits d'infirmerie, tout. Il y a à cela une réponse unique : qu'il barre!

Le dépit de Chu enfle au point qu'il ne trouve aucun des deux jeux de mots pourtant, à lui, accessibles.

La tâche se complique, je nous vois mal barrés. La houle se fait pressante. D'avoir été avertis de son arrivée la veille, par voie d'ondes, ne modifie rien des désagréments qu'elle nous cause. Le vent ivre hoquette entre fort et encore plus. Les deux éléments finissent par se déchaîner conjointement, ils emballent le destrier et Steph est à la dérive. Nous prenons un ris supplémentaire, dit « de sécurité », et lui choquons les écoutes, sans trop le choquer, lui. Je propose un cap plus abattu mais moins que ne l'est Chu et nous augmentons la marge de tolérance, plus ou moins 40 degrés, au delà je crie « Steph! Le cap! » et tout rentre dans l'ordre. Tout rentre dans l'ordre après l'incident d'une manœuvre au cours de laquelle Chu goûtait modérément de se faire cravacher par les bosses de ris. Pour ceux qui ne naviguent pas, en gros, une bosse de ris est un méchant knout de voyage aux flagellations aléatoires – pour ceux qui manœuvrent aussi, parfois.

Chu a beuglé, *a priori* en clair, trois variantes du même ordre :

— Mets-toi au 280!

— Au 280!

— Ho! Tu te fous au 280, oui ou merde?

Steph a mis dans le mille en tournant la barre pour viser le 100. Chu l'a molesté, lui a arraché la barre des mains et l'a traité d'incapable. Steph n'a commencé à se remettre d'un début de Parkinson qu'après avoir hurlé :

— Merde, j'ai eu la trouille, ça arrive, non, quoi, merde!

— La trouille de quoi?

— Je ne veux pas que Chu me crie dessus, ça me stresse!

Chu accepte de temps en temps de ne pas trop le stresser et Steph consent, de temps à autre, à se dessaisir de la barre si nous arrivons bardés de bonnes raisons ou de faciles menaces de stress. Nous bordons et serrons alors un peu plus un vent venu sur notre hanche qui s'est trouvé un équilibre autour de trente nœuds. Le bateau ne cesse de taper dans la vague (tous les catas tapent quand ils ont le temps qu'il faut pour) et les funestes coups de butoir s'amusent de nouveau à faire vaciller nos fragilités les moins arrimées.

Steph roupille par à-coups jusqu'à ce qu'il remarque que « les tuyauteries d'eau chaude qui font du bruit » le retiennent de dormir franchement. Il entreprend de démonter le vaigrage qui les dissimule. Il veut en avoir le coeur net. L'ennui est que, si le bateau est effectivement pourvu de ces canalisations superflues, sauf pour un client à l'option Grand-Luxe, Grand-Froid, Grand-Nord, elles ne sont reliées à rien sur le modèle tropical que nous drivons. Je fais l'effort de le lui montrer. Steph soutient que c'est donc bien comme il disait, le bruit découle d'une négligence du chantier.

A-t-on de quoi y remédier?

— Oui, barre!

Steph accepte. Je vais réduire la toile tandis qu'il s'installe. C'est facile à dérégler un bateau. Deux tours d'enrouleur, dix centimètres sur chaque écoute et on a déjà le sentiment de reculer.

Il lâche bientôt la barre, une nouvelle source de désagrément l'a assailli : les poissons volants. Que les poissons volants volent, il n'a rien à redire, la chose est normale, mais qu'ils se fassent kamikazes et le prennent pour cible, c'est non!

— Enfin, Steph, ils ne t'ont pas atteint?

— Et ça? Là ma joue!

— Ça c'est l'évolution normale du coquard que Chu t'a échangé contre sa chaussure.

Je sors contempler les efforts des inoffensifs exocets. Ces imitations de devons cherchent dans les airs à se soustraire au repas d'un prédateur. Çà et là, une poignée de bâtons de lumière jaillissent du cobalt de l'eau qu'ils griffent longtemps avant de planer en vols maladroits et de s'abîmer invariablement en amerrissages brutaux. Un prosélyte de la Société Protectrice des Poissons de Mer ne peut qu'être comblé d'assister à pareil spectacle. Je le lui fais remarquer, cela lui suffit, il reprend son poste.

Un quart d'heure plus tard, il est de nouveau dans le carré. Il ne barre plus!

— Ce coup-ci, c'est fini, j'en ai encore pris un!

Au fond du cockpit un poisson volant se débat qu'il est difficile de prendre pour un coquard de Chu.

Je tente d'insister :

— Si tu restes imperturbable, tu vas voir, ils vont finir par se lasser.

Rien n'y fait.

Quand Chu, en tournée d'inspection, me demande pourquoi *le débile* a renoncé au pilotage de revalidation, je lui raconte Pearl Harbor et il conclut :

— C'con-là, il les attire!

Je répugne à donner des informations sur la journée du dix mars au cours de laquelle tout et tous se sont calmés, se consacrant à me souhaiter un joyeux anniversaire. Sur d'autres bateaux, j'avais constaté à quel point la célébration d'un anniversaire bornait le temps, refondait la normalité. Au départ d'une chevauchée transocéanienne, une apprentie amazone nous avait négligemment lâché qu'elle aurait son anniversaire en mer. Elle avait risqué une date. Je m'étais empressé de fouiller son sac pour vérifier ses dires. Découvrant l'imposture j'avais gardé ma découverte à part moi, mais j'avais veillé à ce que personne n'oublie, à l'heure des dernières emplettes, de se fendre, en secret, chacun d'un cadeau. La fantaisiste avait été aussi soufflée que ses fausses bougies quand, au sortir de l'un de ses quarts, elle était descendue dans un carré décoré comme un arbre de Noël. Elle avait dû accepter un monceau de fastueux présents, avant de se décider à disserter sur l'humour face à un équipage, certes trop crédule pour elle, mais tellement touchant et généreux.

Le jour que j'ai choisi pour être fêté tombe à pic. Nous sommes à huit cents milles des Antilles, Steph prépare le repas tandis que Chu barre, je fume le dernier cigare et bois la dernière bière exhumés fort à propos par Chu de sa boite à miracles. Merci noble coeur. On mesurera mieux la chaleur de mes remerciements en sachant que le barreau de chaise était résolument castriste et que Chu eut l'extrême délicatesse de noter en son journal : « Nous avons bu la dernière bière et fumé le dernier cigare gardés pour l'occasion », ne me tenant pas rigueur de ma dégustation solitaire, pile le jour de mon nième anniversaire.

Une bête « type baleine » vient faire du gringue à Chu au bout de son quart et « l'orque », maintenant c'est sûr, nous escorte plus de trois heures. Je demande à Steph impressionné par la taille du bestiau de nous avertir avant de se prendre pour un orque afin que nous ayons le temps de commander au menuisier du bord de faire agrandir sa cabine… et Steph en rit! Plus bas, je dis à Chu que pour pêcher un orque il faut un dauphin pour leurre et il sourit, donc Steph cesse de rire pour nous punir de l'aparté.

Je suis à peine plus tard victime d'une tentative d'assassinat! Depuis le départ, sans vouloir insister sur les statistiques, nous en sommes tout de même à : une tentative de suicide, une ou deux incitations à l'euthanasie, deux réincarnations et trois tentatives d'assassinat, si, toutefois, on excepte les coups et blessures sans intention absolue de donner la mort. C'était au cours de la manœuvre de spi. C'est un poil technique, alors s'il y en a qui n'aiment pas, ils peuvent se dispenser de la lecture du paragraphe qui vient, ils verront bien, plus loin, si j'y ai laissé mes joyeuses ou non.

Il se trouve encore, sur terre, des irresponsables pour laisser naviguer, sur mer, des spi sans chaussette. Certes le spi est ainsi plus à l'aise dans son sac, c'est le seul avantage, hors cela c'est de la mauvaise méchanceté. Un bateau qui sait aller vite, mettons un peu plus de dix nœuds, peut garder un spi de taille moyenne, au portant, en gros, jusqu'à 27-28 nœuds de vent. Tout va bien puisqu'on ne mesure pas vingt nœuds de vent apparent. Dès qu'un grain se montre il faut une manœuvre propre et nette pour affaler et brasser le spi avant que le bateau ait perdu son erre. Ça peut marcher, pas toujours. Sinon, on peut encore déventer le spi derrière la grand-voile, cela suppose qu'elle soit haute. Hors la course les catamarans s'en gardent, à la fois pour épargner aux lattes le ragage et pour se mettre à l'abri des trop violents empannages dont sont coutumiers les pilotes branchés sur le pôle Nord – tout se tient... D'ordinaire on déroule le génois, pour cacher le spi derrière, on largue une écoute, le spi se dégonfle et, tandis que des équipiers (chaussés) brassent le spi en l'étouffant sous eux dans le trampoline, un autre laisse filer à la demande la drisse du spi. Steph a fait autrement. A « Largue! » il largue la drisse sans la plus élémentaire retenue. Il en laisse filer la demi-longueur, puis bascule le taquet qui la coince. La montgolfière se dégonfle en douceur, je la terrasse tel un Mandchou, le vent s'engouffre dans la toile soudain raidie, une écoute passe à la baille, une partie du spi l'y rejoint, une centaine de mètres carrés s'arrache de mon entre-jambes, et j'étais, en principe, enregistré sur le même vol que mes bagages.

Chu a noté, mais cela m'étonne, que mes premiers propos à l'adresse de Steph furent immodérés : « Merde t'es con ou quoi ; choquer une drisse de spi comme ça, pauvre con, les merdeux qui me font un coup comme ça, sur mon bateau, je les débarque immédiatement à coups de saton, connard! » Il est possible qu'il en rajoute, ce qui me surprend la plus, c'est le point virgule après « quoi », j'aurais plutôt mis un point d'interrogation ou, mieux, une virgule perfide, pour la césure et jamais deux « n » à conard, par pur purisme de connivence, m'enfin, ce ne serait pas la première fois que le sens de l'histoire serait changé du fait d'un scribe, admettons… Toutes proportions gardées et rapporté à ce que coûte l'armement d'une danseuse huppée du genre de celle que nous managions, le prix d'une chaussette de spi n'est ni plus, ni moins que le prix d'une poignée de figues en saison à Djeddah, pour qui descend d'un taxi. La prochaine fois que nous partons livrer un bateau avec Chu, il est absolument exclu que nous acceptions d'embarquer un spi ou un Steph, pieds nus.

La nuit, comme un linceul, enveloppe cette mer qui avait voulu ce jour là être mon suaire et Steph exige de prendre « comme tout le monde ici » son quart de nuit. « Ah! » Je lui propose une rognure du mien puisque, vérification faite, son nom ne figure pas au *planning* – officiellement « planisme » quand il est familial, démangeaison de sabreurs biscornus. Il serait de surcroît illogique de pénaliser Chu en lui confiant l'éprouvante épreuve de la garde de nuit d'un malade duquel il signerait trop volontiers la décharge. Je m'endors aux cotés de Steph dès qu'il m'a prouvé que son suicide n'était pas pour cette nuit en me détaillant la multitude de ses projets à l'arrivée :

— Comment on va faire pour le fric?

Le petit réglage pépère fonctionne à merveille, je ronronne quatre heures de rang sur le banc du cockpit que j'ai élu mirador. Steph me secoue pour m'avertir, je peux relâcher mon effort, il en a marre. Je renvoie de la toile, le remplace à la barre et profite de la dernière risée pour aller inscrire sur le livre de bord que j'en ai tiré : 15,2 nœuds.

Et Chu en a dès le réveil sa journée gâchée. Pas tout à fait. Il prend la barre en fin de matinée, le temps que j'aille enregistrer un bulletin météo émis en idiome étranger. Il entend une grosse vague s'annoncer, se positionne aussi précisément qu'un golfeur, encourage d'une voix de charretier la descente et les vibrations. Au bout d'un invraisemblable barouf, il pointe sa tronche de dégénéré en me disant qu'avec 15,9 nœuds il devrait être à l'abri des performances des amateurs.

Steph s'était lui aussi, mais moins volontairement, essayé au surf et avait, juste après, voulu rendre la barre :

— J'ai eu l'impression que le bateau ne s'arrêterait jamais.

— T'as regardé le speedo?

— Le quoi?

— T'es trop con!

— C'est seulement maintenant que tu t'en aperçois! avait risqué Chu en voix off.

Il a fallu attendre le début de l'après-midi, alors que j'effectuais un remplacement de Steph parti s'épancher dans l'édicule pour que je ridiculise le « pro » du haut de mes 16,8 nœuds. Journée gâchée, j'avais raison, hormis la petite heure et demie au cours de laquelle Chu avait fait le coq.

J'avais entrepris de gâter aussi celle de Steph en lui faisant remarquer que, selon toute probabilité, les prédictions d'errement millénaire, desquelles il avait instruit Chu un soir d'illuminisme, risquaient de perdre, sous peu, de leur pertinence. Il faudra sans doute que tu voies un médecin, si ça tombe tu n'auras rien, ce sera le médecin qui sera malade, c'est pas pour tout de suite, mais il faudra quand même voir à voir à y songer. Steph s'est assombri en disant qu'on verrait, mais « pour le moment » il n'était « pas en forme pour ça ». Il attendit que je prenne un peu de champ pour noter au beau milieu de la page ouverte du Livre de Bord, en grosse majestueuse : « La fac de médecine n'a jamais été un filtre à cons ; ou, en langage clair : on peut être toubib et être en même temps complètement abruti. C'est comme sortir de Saint-Cyr ou de sortir de la cuisse de Jupiter ou de Polytechnique ». N'étant ni les uns, ni les autres sortis de la cuisse de Coëtquidan ni, même, Dieu merci, d'une fivette de polytechnique, je réclamai des précisions. Son propos était transparent, la médecine tue, je le savais fort bien, il comptait sur moi pour la vigilance :

— On joue nos dernières cartes!

Steph s'est ensuite passionné pour la lecture de la version édulcorée de nos aventures telles que les narre le Livre de Bord Officiel. Il a fini par en dresser un bilan effaré :

— T'as vu les conneries qu'on a faites, on était sacrément partis, j'ai l'impression qu'on est allés trop loin.

Je jette un coup d'œil sur les informations du Sat-Nav pour vérifier, puis le rassure :

— On a encore de la marge!

Steph m'entretient de problèmes un poil trop confus pour que je m'y retrouve. Il est question de sa famille, de ses patrons, l'ensemble est observé d'assez haut, il décrit son petit monde en fourmis rebelles qu'il juge et manipule. Il achève en montrant la qualité de son recul :

— Je veux crier fort, hurler face à la mer.

J'y vois un signe d'excellente santé mentale et suis tout prêt à l'y accompagner, mais je révise immédiatement mon point de vue quand il ajoute avoir enfin analysé ses inquiétudes du départ :

— Je crois que j'ai eu peur que ce voyage ne modifie le code génétique de l'humanité.

— Franchement, en toute bonne foi, je ne vois pas comment il aurait pu en être ainsi.

Il me sourit et ajoute :

— Ça fait un moment que je t'observe, t'es vraiment un petit malin…

La nuit n moins 3 fut glauque. Le vent avait calmi et j'avais abandonné, pour deux petites heures, le soin de la barre à Steph. Il les avait consacrées à naviguer à soixante degrés du cap prévu. Un calme anormal m'avait réveillé. Le spi tortillé en javelle s'était transformé en pauvret petit ballon et mon gentillet continuait à faire comme si.

— T'as pas vu?

— Dans le noir, des fois, je vois mal.

Trois heures plus loin, Steph consigné dans ses appartements, je sonnai Chu moins délicatement qu'à l'accoutumée. Pour une fois, il se leva aussitôt.

Chu débarque dans un carré en capharnaüm et son mauvais poil demande au mien ce qu'il branle à cette heure avec une cocotte-minute transformée en alambic :

— Tu distilles?

— Ouais de l'eau. Pour me laver les dents, j'ai un aphte. Va barrer, je t'explique après, j'arrive!

— Et le pilote?

— Naze, tiens chouffe!

J'exhibe la tripaille de l'engin.

— Foutu?

— Non mais l'autre tache a cisaillé les clavettes et on n'a pas de rechange.

— A tout à l'heure!

Chu a patienté poliment avant d'obtenir le résumé de la séance de nuit : les ronds de chapeau bavés à récupérer le spi sans abattre le mât, Steph envoyé aux pelotes parce qu'il avait laissé battre le sournois bras de spi qui avait mis a profit sa permission de sortie pour massacrer nos feux de navigation, le cran pris par l'ire en découvrant que la poulie du pilote tournait folle sans que Steph ait jugé nécessaire de me mettre au parfum, la grand-voile envoyée à grand peine, la tentative avortée d'équilibrer le bateau, barre libre, le temps du bricolage, la mise à la cape, la défection du vent, celle du moteur que j'avais cherché à mettre en route, la torche absente, un plongeon pour ausculter l'arbre d'hélice bloqué et contrôler si un filin à la dérive ne s'y était pas entortillé, la désespérante sécheresse des batteries, le réveil de Steph pour qu'il livre la cachette de bouteille d'eau distillée qu'il était censé être allé acheter à Nori quand je m'étais opposé à ce qu'il ajuste les niveaux des batteries à l'eau minérale, la cocotte minute et son équipement alambiqué pour distiller de quoi pallier la sécheresse, le lent arrachement à la lime des parcelles du métal d'une goupille pour tenter de lui faire remplacer les clavettes que Steph avait cisaillées en forçant la barre sans avoir pris la précaution de débrayer le pilote…

Affable, Chu a voulu tous les détails, ceux qui entretiennent l'envie de meurtre qui sommeille au fond d'un soi toujours en quête de « l'exutoire où épancher la déraison ». Je m'en suis donné à cœur joie.

Chu mâchonne encore la haine que je lui ai transmise comme les gosses s'échangent de vieux tchouingommes – Patamachés! pour les académiques édentés. Puisque j'en suis là et levé du pied gauche, j'en profite pour risquer une hypothèse, si la sauvegarde de la langue est confiée aux verdâtres agrippés du fauteuil, c'est en hommage au soin qu'ils mettent à tourner en bouche cent fois la leur, cherchant à la soustraire aux assauts répétés de dentiers branlants. Peut-être?

Quand une fois effacées les traces du nocturne cataclysme, Steph se pointe dans ses petits souliers, je l'agonis pour la forme. Une rafale chargée à blanc cueille cependant l'envol de sa diatribe anti-chantier que je prends pour rodomontade, le silence qui suit permet que notre frêle équilibre reprenne souche.

Certains pourraient être surpris de l'incohérence, s'effarer de l'amateurisme en tout dans lequel nous baignons, ce serait méconnaître les lois de la mer. Le jour où l'on prend pied sur un esquif un ordre immuable s'installe, il n'y a que lui qui soit tout à fait fixe. Tout changement est aussi périlleux que le déplacement d'une virgule dans une incidente de Flaubert. Parfois, pourtant, un tremblement de mer chasse tous les mots de toutes les phrases pour les entasser pêle-mêle sur le même bord. Rien n'interdit alors que quelque oulipisant adepte de Queneau se mette à les trier, les virgules dans un coin, les sujets au centre, les attributs étalés, les verbes au rancart et les compléments pour le parvis à la sortie de la messe. Tout est permis pour gérer le chaos, pour inventer les règles qui servent à décrire les prés verts du tohu-bohu que la mer veille, la seule inconvenance serait que l'on mente à l'eau. Avec la fatigue, les mots se dépouillent de leur sens, s'affranchissent de la trame qui les coud, ils se montrent bruts, beaux, nus.

DERNIER CHAPITRE

Les conditions sont propices au plus bel exercice qui soit donné aux impénitents amateurs de flotte : filer un bout, couler le long et se laisser traîner quelques brasses derrière le bateau avec l'inoubliable émotion de ne plus se sentir guidé que par les haleurs.

— Non Steph, c'est moi qui fais les nœuds.

Rouspétances.

— Je sais que tu sais faire un nœud, mais moi je ne sais pas nager sept cents bornes.

Plein midi, plein soleil, l'eau juste bonne : « Salut ma belle, ça faisait beau temps que tu ne m'avais pas pris comme ça dans tes bras. » Le spi, vu du ras de l'eau au dernier coup d'œil rassureur, a son profil joufflu des bons jours, trois notes de Ferré chevauchent un frisson « regarde-la ta voile elle a les seins gonflés… » et je me laisse couler jusqu'à la ganse. Les mains s'y serrent, le cordage se raidit, le corps accélère et le massage commence, trois nœuds, cinq quand les deux coques descendent le dos de la vague, le corps plonge, monte et descend au hasard, cinquante kilos de pression sur les épaules, puis l'étreinte se relâche, le temps que le spi s'enfle d'un nouveau souffle. Goulée d'air au milieu du sourire du bonheur. Le spi a trouvé. Une vague l'aide à s'appuyer, le corps nu, sur lequel tout vêtement serait aussitôt arraché, pivote, passe sur le dos. Seule la tête dépasse, une cloche irisée la couvre, filtrant la lumière du Dieu des dieux, parfois une gerbe se lève.

Ils sont trois à jouer, Soleil, Mer et Corps, le ballet est celui des otaries entre elles, la mer est partout comme au profond des jeux de l'amour, le vacarme de l'air que l'eau noie est griserie. L'air tire l'eau vers le soleil qui la blanchit en une longue traîne prolongeant le corps. Le corps se cambre et pivote encore, il subit la pression de l'eau jusque sous ses ongles, des paupières se relâchent, qui, brûlées, se serrent aussitôt. Longtemps après, en un ample et lent moulinet, les bras reprennent mètre à mètre toute la longueur du cordage. Un corps tremblant, inexplicablement frais et insensible remonte à bord, fort de la joyeuse ivresse d'un voyage.

Chu m'a succédé, c'est sa première glissade deux mille pieds au-dessus de son ombre. Sur l'échelle du grand bain, il s'est senti un peu gauche de demander si des requins ne risquaient pas de le prendre en affection. Cet immangeable braille maintenant : « Quel pied! » dès qu'il parvient à économiser suffisamment de souffle. Son invariable : « Bordel! ça tire! » est avalé par les flots et je le vois plonger comme une planchette à maquereaux. Je reprends un peu d'écoute, il faut qu'il en ait pour ses sous. La vague qu'il lève s'élargit. Quand il émerge et regarde le bord, je dispose mes mains en porte-voix et, avec force grimaces, fais mine de beugler ordres et conseils, il ressort de cinq plongeons d'enfilade, en hurlant à pleins poumons : « J'en–tends–rien! » puis passe sur le dos pour éviter la noyade. Je laisse alors filer le long du cordage un immense sac plastique effrangé à la diable. Le sac-pieuvre glisse lentement, ondule, puis se jette soudain sur Chu qui se dépêtre en désordre de sa frayeur. Il regagne le bord en jurant que ce coup-ci est le bon, il va me faire la peau.

Chu déteste mes blagues de collégien. Le jour où j'avais couru le risque culinaire d'accrocher notre unique poêle à l'extrémité des cent mètres du nylon de sa ligne de pêche pour le consoler de n'avoir jamais de sa vie pêché une daurade aussi insolemment replète que celle que je venais de prendre, il avait bataillé dix bonnes minutes en s'esquintant les mimines, braillant qu'il en avait un gros :

— Un rouge! Affale le spi!

Sûr de moi, je traînais les pieds. J'affirmai que c'était peu vraisemblable « tu dois te tromper, les poissons rouges sont toujours petits et vivent dans des bocaux ». Il avait du pêcher une poêle à frire ou je ne sais quel ustensile approchant. Je lui disais enfiler mes gants par pure gentillesse, au mépris de toute crédibilité.

— Je ne peux pas vraiment juger, je ne l'ai pas vu sauter, ta poêle, mais à mon avis…

— Magne-toi!

J'assurais que je n'y croyais pas.

— Rigole, mon con! il gloussait. Quand t'auras vu la bestiole que j'te ramène, tu feras p'têt moins le mariol. Fais chauffer le four!

— Non, non, s'il y a quelque chose dans ta poêle, on le fera directement au beurre. Mais c'est la première fois que je vois pêcher de cette manière.

J'avais senti son regard d'assassin me transpercer au moment où, à la faveur d'un furieux envol de poêle, il avait abandonné sa ligne et son poisson rond rouge. Pour me punir de l'avoir ainsi diverti, il était parti dormir, me laissant bien entendu le soin de remonter sa poêle. Si je meurs le crâne fracassé, qu'on ne cherche ni coupable, ni arme, ni même de vase de Soissons, j'aurai tout voulu.

Steph réclame sa ration de délices et nous faisons lofer le bateau pour le ralentir un peu. Le dauphin, une main soudée à la remorque torsadée autour de son bras, n'ose lâcher, de l'autre, le barreau de l'échelle de bain. Le matin même il nous gavait d'exploits dans lesquels, seul à bord, il plongeait à l'avant de son bateau lancé à huit nœuds pour ne réapparaître qu'à l'arrière saisissant le franc-bord d'une main sûre. Et moi qui avait mis un moteurs en route au point mort et échafaudé tout le plan de sauvetage pour le cas où il aurait tenté de nous fausser compagnie!

Le voyant serrer aussi fort ce qui le retenait à la vie, je pensais que nous aurions dû, tout au début, quand il allait mal, expérimenter un traitement de choc : le balancer par-dessus bord, trois harnais de sécurité l'un sur l'autre, des ficelles dans tous le sens et « Saute dauphin! Si t'as envie c'est le moment. Ba-baille! On te donne trente secondes de paix après ton dernier geste et on te ressuscite... » Il existe bien d'austères manuels qui conseillent d'avaler « si possible » une cuillerée d'eau de mer pour faire passer le mal du même nom et des gens sérieux en blouses blanches et nœuds papillons, ou d'à peine moins pitres en robes magistrales, qui s'amusent à faire brancher sur le secteur ceux de leurs semblables qui ont disjoncté.

A 13 heures 43 Chu sort de l'eau un maquereau espagnol, beau comme un maquereau sicilien, plein de rayures des pieds à la tête et un rien rachitique. Je dois attendre le coucher du soleil pour lui faire la pige avec la prise d'une imposante daurade coryphène, c'est vaguement camus et grec, dérivé de *κορυφη*, « tête » et par-là aisément reconnaissable.

Capitaine sur un bateau, quand on ne l'est pas de droit divin, se mérite par les petits exploits de chaque seconde. Je l'explique en long, en large et de travers à Chu qui me voue aux gémonies et même encore plus pire s'appliquant sans cesse à m'interrompre. Il m'en bouche une surface en m'opposant qu'il détient le record de la variété des poissons pêchés. C'est lui qui a pris le plus grand nombre de poissons d'espèces différentes! Je lui conseille de le faire imprimer en sous-titre sur sa carte de visite : « *Pêcheur de variétés* », c'est classe et bien cool, ça jette. Et on se brouille.

Steph m'aborde de temps à autre pour des leçons particulières au cours desquelles il m'entretient de la façon dont doit, dès maintenant, se réécrire l'Histoire, aggravant son cas désespéré de tentatives réitérées de subornation de témoin. L'insupportable est son incessant rabâchage de ses faits d'armes réels ou imaginaires qu'il sert pour prouver combien, d'ordinaire, il sait être efficace en terrain plat. Il vient m'annoncer qu'il a compris l'origine de nos déboires : ma personnalité de marin, trop forte, a écrabouillé la sienne. Je n'ai pas le courage de le lui opposer, mais je sais, Chu a cafté, qu'il a joué avec le feu bien avant mon arrivée. Steph avait, pour briser l'ultime résistance que lui opposait une midinette déjà dramatiquement enfumée, tenté de faire accroire que mon patronyme était son pseudonyme d'écrivain. Il avait su déclamer quelques paragraphes de ma prose pourtant réputée difficile. L'histoire ne dit pas si la littérature avait, pour une fois, servi à détourner un viol.

Une nuit belle à s'arracher les yeux s'accroche dans la mâture et étouffe dans l'œuf tout embryon d'incident. Le contre-coup de l'arrivée trop tôt annoncée, retient toute velléité de confrontation la journée suivante. Steph ne s'y essaie que mollement, il reproche à Chu d'être « toujours énervé ». Il nous sermonne pour avoir « recommencé à toucher à ses affaires ». Il fait un peu le marle en exigeant de se faire tirer derrière le bateau qui file huit nœuds, puis abat pavillon devant notre refus et se met en grève. Manquait que cela à la collec, mais j'en trop kil pour m'insurger.

En revanche, il me fâche quand, au soir, il allume une bougie sur la table du carré avec l'intention déclarée de nous régaler d'une séance de magie noire. J'avais l'après-midi durant, tenté d'opposer des repères *a minima* aux éternelles fadaises de ses tentations d'irrationnalité et j'avais, croyais-je, emporté quelques succès. Il les immolait.

J'ai pris la posture de l'agent de police debout à un carrefour. J'ai montré sa cabine d'un bras et de l'autre j'ai fait mine de guider une longue file d'automobilistes que je détournai, sourire figé, de leur destination première. En arrivant au carrefour, il a dit :

— Et mon quart?

— Quel quart? a dit l'agent et Steph a docilement rejoint sa cellule d'isolement. Là cesse la parabole de l'agent de police, je me suis retenu de faire ce que – dit-on – font parfois les brebis galeuses (excédées d'avoir été trop longtemps de faction soumis aux questions ineptes des automobilistes), je ne suis pas allé lui exploser la tronche dans son réduit.

Il n'y eut pas l'ombre d'une senteur de terre, rien de ces essences subtiles pour lesquelles se dressent les truffes canines à l'avant des bateaux et les plumes des écrivains de la mer qui ont le vent en poupe. Nous ne vîmes pas l'ombre d'un paille-en-queue, il n'y eut aucun de ces signes annonciateurs de la terre proche. Nous étions comme Cristobàl au matin du trois novembre 1493, les réserves étaient vides, pourtant un froid calcul le disait, pourtant nous savions, je veux dire que Cristobàl savait (second voyage) et que je savais (troisième voyage) : la terre qui fut jusqu'au milieu de ce siècle un refuge pour lépreux était là, tapie derrière la dernière bosse de l'horizon.

— LAND AHOY!!
— Quoi? a dit Chu
— Terre en vue!
— Arrête tes conneries, il m'a dit Chu.
Steph a dit à Chu :
— Qu'est-ce qu'il a dit? Chu?
J'ai montré du doigt l'endroit où la mer cessait.
— Arrête tes conneries Tarzan! a dit Chu.
Il a regardé dans les trous des jumelles.

— Tu délires Tarzan, il a dit.
J'ai pris les jumelles.
— Terre en vue!
Chu m'a repris les jumelles et il a dit :
— Yaoùùùùùù-youppie, il a raison ce con-là!
Steph a dit :
— C'est vrai, Chu?

Comme de juste, La Désirade mit un temps infini à progresser jusqu'à nous. Nous l'avons rangée sans égard. Marie-Galante, du nom de la caravelle colombine, nous a tendu les bras et nous avons résisté, Karukera nous attendait. M'attendait.

A l'heure pile où nous doublions l'Îlet Gosier, une caravelle atterrissait en douceur sur l'asphalte torride du tout proche aéroport du Raizet. Dans le zinc il y avait un tas de touristes, des hommes d'affaires, des marchands, que sais-je encore, des missionnaires peut-être, nous les laisserons de côté. Il y avait Blue. Blue est toujours la plus belle des plus belles dans les endroits où il y a des belles. Blue venait pour moi, je venais pour elle. Nous n'avions pas pris le même chemin parce qu'elle a décidé de consacrer sa vie à soigner les gens, alors que moi, apparemment pas. Sous le panneau adéquat, il y avait Emmanuel qui savoure avec un plaisir contenu les compliments des *métros* blanchâtres qu'il accueille. La qualité du hâle qu'il promène avec un beau naturel d'un bout de l'année à l'autre force l'admiration. Il a chargé Bugatti dans sa Blue et ils sont descendus vers la marina.

A la marina, il y avait au mouillage un bateau blanc dont l'avant des flotteurs fumait encore. Sur le bateau blanc, il y avait trois mecs. Sous les mecs il y avait le bateau et sur le bateau il n'y avait plus que deux mecs parce qu'un des mecs, quand il avait vu Blue et Emmanuel, il avait été tellement content de voir une fille et un mec dont il savait que c'était pas des dingues comme les trois qu'il y avait sur le bateau de tout à l'heure, qu'il avait plongé vers eux. Emmanuel a dit a Blue en montrant un mec qui nageait : « Le type qui nage, là, dans l'eau sale, je le connais ». Blue elle a d'abord rigolé, puis quand le mec est sorti de l'eau, elle a trouvé que le mec était mouillé et quand le mec mouillé l'a prise dans ses bras, elle a regardé vers Emmanuel pour voir si, lui, trouvait normal qu'une fille comme elle, qui voyageait en avion, s'abandonne aux bras d'un mec mouillé, sorti d'un égout vêtu d'un slip de ville. Emmanuel ayant le dos opportunément tourné, elle s'est laissé embrasser. Elle a même embrassé un peu le mec. Le mec qu'était moi et Blue qu'était belle, ont eu, bel émoi, un petit bébé tout neuf, neuf mois plus tard.

Quand Blue et Emmanuel ont demandé au mec qui était moi si tout s'était bien passé, le mec qu'était moi a regardé les arbres, il a regardé les maisons, il a regardé les mâts des bateaux, il a regardé Emmanuel et Blue, il a touché le sol pour voir si c'était du vrai sol, il a mangé un grand bout de ciel qu'était du vrai ciel et il a laissé tomber tous ses bras. Emmanuel qui avait l'habitude de venir me chercher a dit à Blue : « Ça s'est mal passé! » J'ai bredouillé que jamais personne ne croirait rien. J'aurais aimé savoir leur dire alors le joli mot que Steph sut servir à ceux qui, à son retour, lui posèrent la même question bateau : « Nous avons été victimes d'une hallucination collective ». J'aurais surtout aimé que ce fut vrai.

Le détour par la Guadeloupe est une entorse, le lieu de livraison prévu se situait plus au Sud, en Martinique. J'avais fait l'option du crochet pour me munir de l'avis de Brigitte, épouse d'Emmanuel qui connait, pour y exercer depuis un bon lustre, tout ce qui se fait de médecine insulaire éclairée. Brigitte, informée, juge désespérant le cas de notre client sérieux – et l'inverse. Elle n'en dédaigne que mieux les risques qu'il y a à se prononcer plus avant et elle nous dirige sur un confrère plus au fait des dysfonctionnements hallucinatoires.

Lors de l'entretien, Steph, qui s'est fait tirer l'oreille jusqu'à la porte du cabinet du confrère, reste très évasif. J'insiste pour qu'il livre quelques clés supplémentaires. Il se réfugie dans l'hermétique avant de me proposer finalement de raconter :

— Ça tombe bien, puisque toi aussi tu y étais.

Je brosse à grands traits l'épopée du dauphin-marteau. Le toubib cherche l'acquiescement de Steph qui, grandiose, lui rétorque :

— C'est effectivement une façon de voir les choses.

Au vu de l'ordonnance carabinée que le spécialiste rédige, son diagnostic doit être du genre : « Peut exploser à tout moment. » Des conseils assortissent la prescription : repos, repos, repos et, je crois, encore repos, avant de l'adresser à un expert en déminage. Steph montre des réticences, c'est, selon lui, faire beaucoup de bruit pour pas grand chose. La porte franchie, sa conclusion atteint au sublime :

— Visiblement encore un qu'a rien compris.

Steph a une victoire à m'annoncer, un maigre sujet de satisfaction. La veille au soir, quand, pour s'occuper de lui, nous l'avons laissé choir comme des lâches, il a déployé ses antennes radio sur le ponton. Il voulait des nouvelles de notre challenger. *Artaban* et un de ses frères de série étaient partis en même temps de Ouistréham pour rejoindre les Antilles. Le skipper de l'autre catamaran, tout fier bravache qu'il était, avait dû rebrousser chemin pour avaries, la mer lui avait mis une mauvaise calotte qui avait tuméfié son bateau. Steph et Chu avaient croisé l'intrépide à Nori. Il y avait roulé des mécaniques avant de reprendre crânement une mer de grise mine. Au cours de notre traversée du désert, Steph et Chu s'étaient parfois posé tout haut la question de savoir s'il avait « pu passer ». Maintenant Steph savait, le fier à bras avait fini échoué au Portugal. La mer, toujours attentive, n'avait pas su se retenir de lui mettre une seconde mandale. Il avait abandonné là-bas un bateau blessé, un bras d'honneur en prime au constructeur : « Votre bateau vous attend à Estorìl, débrouillez-vous! »

— Et Chu qui voulait qu'on parte juste derrière eux! T'as vu, on a rudement bien fait d'attendre!

De retour au bateau nous décevons l'attente de Chu. Il se désole de voir Steph échapper à la camisole. Il lève cependant très haut son chapeau quand je lui dis que le toubib estime que Steph « ne doit pas voyager dans son état », mais il tique, se raidit quand je lui expose que nous avons, du coup, droit à une partie gratuite.

— Nous gardons Steph trois jours, repos complet aux Saintes, les îles que tu vois en face. Emmanuel vient avec ses gosses, ce sera pour Steph un peu comme s'il passait un week-end en famille au Levant. Lundi soir on ripe nos patins jusqu'à Fort de France. Ton *Basta cosi* sera pour plus tard.

Steph surprend l'accablement de Chu et, compatissant, il vient gentiment lui dire :

— Si tu viens avec nous, à Fort de France, ça va être dur pour toi, Chu.

Chu tourne la tête dans les deux sens comme s'il hésitait sur le sens dans lequel se la dévisser définitivement, puis il conclut fort et clair :

— C'est pas vrai... ce mec-là, il est franchement toxique.

Nous partons nous cacher au mouillage forain du *Boisjoli,* derrière le *Pain de Sucre* où Steph reprend mollement pied. Trop lentement. Il continue à tourner sur lui-même, à se répéter, à ressasser ses obsessions et il nous envoie paître quand nous essayons de lui démontrer qu'au *Bois-joli,* il est sur la plus belle page du meilleur prospectus de vacances antillaises. Les médicaments lui filent le bourdon et révèlent qu'il lui reste « des désespérances intérieures d'assez gros calibre », comme le disait assez bien Vincent, le peintre qui avait fini par se les effacer, au calibre justement.

La gendarmerie maritime vient – toujours à propos de calibres – tourmenter Steph en exigeant les papiers, par malchance provisoires, que les atermoiements du départ avaient rendus obsolètes. La maréchaussée aimerait aussi que nous justifiions l'absence de déclaration de VHF. Diverses questions liminaires nous assaillent, du genre : « Mais enfin qui est le capitaine? » ou bien, « Que faites-vous ici? » Pour alléger le poids de notre inéluctable condamnation, je collabore avec les autorités comme un repenti. Avec force précautions, j'entreprends d'expliquer que nous de sommes de petits passeurs occasionnels, minuscules rouages du grand trafic d'évasion fiscale et de drainage de capitaux à blanchir qu'organise l'éhontée « Loi Pons ». Ils s'apprêtent à condamner des lampistes, il est encore temps de nous gracier. Steph reflue vers le havre clos de sa couchette tandis que les écrivains de souches, jugeant notre histoire trop louche, n'y vont pas avec le dos de la cuillère. « Aucun titre de navigation, ni visite de mise en service » et « défaut de licence A et B. » Pris d'équitable mesquinerie, je relève leurs identités qu'ils rechignent à livrer, j'inscris en gros sur le Livre de Bord et les invite à signer avant qu'ils retournent danser sur leur Redoutable.

A l'arrivée à Fort de France, avant de remettre le bateau à l'agence destinataire, il nous faut nous disposer à jouer les fâcheux. Le mauvais coup de la barre de secours inadaptée et l'encore fraîche visite des gendarmes, qui avaient menacé de saisir le bateau pour mieux mettre en scène la mansuétude de leurs divers procès verbeux, m'ont lesté d'assez de mauvaise humeur pour aller négocier. Sur ces deux points au moins, les responsabilités nous sont étrangères.

— Bonjour, vous êtes le patron de la base?

— Le patron d'ici? Oui.

— Je vous apporte un bateau que, je pense, vous attendiez.

— Ah enfin! où est-il?

— Dans la baie.

— Et Steph?

— Sur le bateau, il a sauté les plombs à deux jours de Madère, il ne va pas trop bien.

— Bon, on fera l'inventaire cet après-midi.

— Non.

— Comment non?

— Il y a un triple préalable. Un, il faut obtenir un point de vue médical sur l'état de santé de Steph. Deux, il faudra trouver les moyens de le rapatrier, lui et ses affaires quand les toubibs auront jugé qu'il est en état de prendre un avion et il est exclu de ne pas l'héberger d'ici là. Trois, je suis skipper non payé et je vais devenir skipper payé depuis mon entrée en fonctions.

— Faute de quoi...?

— Faute de quoi, je ne rends pas le bateau.

— C'est un ultimatum?

— Non, mais maintenant c'en est un. Je confie la barque au poulets si je n'ai pas de réponse demain.

Bien avant que nous arrive la réponse du Centre, un psychiatre avait détaillé les particularités de la *bouffée délirante*. Il avait expliqué de quelles faiblesses elle s'était nourrie, il avait énuméré les symptômes et donné une poignée de repères. Il avait prescrit un suivi, conseillé le retour de Steph au plus tôt, la plaisanterie n'avait pour lui que trop duré. Il avait surtout mis du baume aux cœurs en affirmant que pareil assaut était somme toute banal et qu'à terre il aurait été sans conséquences. Enfin, l'égarement, pour aigu qu'il fut et pour lent à se dissoudre qu'il était, n'avait rien d'irréversible.

Des amitiés nous ont permis de trouver une place sur un des vols pascaux bondés. Du fond de l'aboulie médicamenteuse, Steph a pauvrement tenté de s'opposer à la sourde efficacité du retour aux réalités : « C'est sûr qu'il n'y a pas moyen que je reste une semaine de plus...? Pour une fois que j'y suis... »

Eh non, il n'y avait aucun moyen.

Il fallut se préparer.

Le Centre donna un feu vert et nota l'heure d'arrivée du vol pour dépêcher une hôtesse. Un taxi ouvrit son coffre pour recevoir les sacs dans lesquels nous avions entassé ses effets les plus nécessaires. Au-dessus, Steph avait placé des cadeaux pour ses mômes. Blue proposa une halte au buffet de l'aéroport. Le coup de l'étrier accompagna la prise d'un comprimé.

— Quand j'arrive, j'arrête leurs merdes de cachets?

— Non, non, tu continues.

— Ça ne me fait rien!

— Raison de plus.

— Pour te faire plaisir alors...

— Mettons.

Un long silence accompagné de riens pesants meubla le malaise jusqu'à l'instant d'embarquer. Le vol s'annonça. Steph mordit au sang l'envers d'une lèvre, un peu de lumière brilla avant de déborder du pourtour des yeux.

— Salut Bonhomme, chiale pas, on a quand même bien fait les cons. T'as vu, t'as même récupéré tes pompes.

— Faut que je les donne à Chu?

— Non, Chu n'en veut pas, elles le serrent.

— Ah oui, c'était des conneries toutes ces histoires à la con, mais j'ai pas tout compris.

— Rassure-toi, un jour ça fera rigoler tout le monde.
— On se reverra?
— Sûr!
— Sûr?
— Sûr!
— Tope!

Nous avons nettoyé le bateau le lendemain et remis les clefs au soir.

Blue m'a emmené planter une petite tente sur un petit camping près d'une petite plage.

Chu a loué un scooter et une cahute à flanc de morne. Sur la table, il a sorti un bloc et étalé des notes éparses. A l'aide d'un crayon il a entrepris de mettre ses idées en ordre, levant trop souvent les yeux vers ceux de la photo punaisée de Catherine.

POSTFACE

A trois, nous aurions pu nous offrir un ludique happening sous contrôle médical au cours duquel nous aurions échangé nos haines mutuelles, mais le rapatriement de notre comparse avait exclu jusqu'au secours d'une thérapie de groupe. Au soir de son départ, nous avions bien tenté l'exorcisme avec Chu quand, de retour de bamboche, lui, allumé au pétard, moi, réchauffé à l'éthanol local, nous nous étions éclatés en rires sans fin dans l'univers mouvant de l'arrière d'une fourgonnette ivre, plus raide encore que son chauffeur cahotant sur des routes insulaires défoncées.

Chu s'était étranglé d'hilarité dans les aigus en apprenant que Steph avait très sérieusement envisagé une nouvelle croisière : « Pour essayer de voir où celle-ci s'était mise à déconner ». J'avais tenté de couvrir le vacarme de son rire et celui de la résonance de la guimbarde en criant « Ça a rien d'hilarant! » Blue, qui en avait assez de nos apartés sur le dos du *dauphin,* s'en était mêlée, sa qualité d'étrangère aidant, elle avait perforé le boucan d'un « Qu'est-ce qu'il a dit l'hareng? » Ce fut le signal de la fin de toute retenue. Tordus de rire à s'en faire des hernies, nous rivalisions d'ânerie en réécrivant la croisière crue du hareng. Saumâtre, elle avait pour cadre la Baltique, chacun était aux petits oignons pour le hareng qui reniflait la caque, le titre du best-seller de la traversée que nous promettions d'écrire sur le champ à deux mains fut : *Le hareng saur par gros temps,* puis *Ça va s'harenger.* Les indicibles avanies que nous nous étions pourtant jurés d'emporter dans nos tombes faisaient une dernière sortie bouffonne.

Ça n'a pas suffi! Dégrisés et au vert, nous restions à bord. De la même manière que la présence de Steph avait interdit de goûter le plus petit coucher de soleil, son absence parvenait à affadir la beauté martiniquaise des criques sous leur lumière de plomb. Son spectre gâtait jusqu'au goût des fruits.

Avec Blue, nous avons ramassé les cailloux des grèves, loué une bagnole, photographié les vaches maigres, planté la tente aux ras des flots qui s'enflent la nuit pour faire bouillir les bouts d'histoire qu'ils ne peuvent garder pour eux seuls. Nous avons donné rendez-vous à Chu et à son scooter au pied d'une falaise où se casse l'océan. Nous avons, là, mâché du ressentiment, cherché à solder des comptes, à comprendre, à s'accorder sur des bouts de bilan. Nous avons fixé les images avant que l'oubli ne les déforme, ne les use, ne les adoucisse, ne les engloutisse, ne les traite comme la mer avait lissé les galets que nous comptions.

L'ombre de Steph planait géante sur chaque mot. Chu, adepte de Coué et victime de logorrhée, se répétait cent fois pour croire. Il se disait persuadé que Steph avait déjà clos la parenthèse, qu'il avait repris serein l'arpentage des pontons et qu'il s'était libéré du fatras « auquel de toute façon il n'avait rien compris, ni, si on y réfléchit bien, même pas assisté! Tandis que nous...! Tiens, je te parie mes pompes qu'il drague avec son histoire. »

Pour se laver la tête, rien n'égale un dîner civil en compagnie d'un psychiatre, ça rassure. Ces gens-là baignent dans un tel univers de givrés (quand la congélation les a eux-mêmes épargnés) que tout est banalisé.

— Il vient d'étrangler sa mère...

— C'est normal

—... avec les tripes du chien...

— Ça arrive

—... qu'il avait écrasé avec ma Golf GTI!

— Elle est de quelle couleur la vôtre?

Dès la fin de la période de rodage, un psychiatre est rebelle à l'étonnement. J'avais oublié. Le nôtre avait déjà beaucoup roulé, je mis la pédale douce lorsque les premiers accents trop aigus, ou trop graves, de l'odyssée trop fraîche se sont abîmés dans le ronronnement de sa bétonnière. La situation s'est retournée comme le gilet de Groucho et j'ai attendu que des questions viennent cueillir mes réponses. Le docteur se passionnait pour la pureté du cas d'espèce. En gros, il aurait aimé traverser avec nous, ligoté-bâillonné, dans un fauteuil d'orchestre au besoin, mais présent, pour se saisir de détails qui avaient fatalement échappé à notre vigilance profane. Il trouvait navrant que nous ayons gaspillé notre temps à dormir et à fouetter la péniche plutôt que de l'avoir consacré à l'observation du « cas ».

— Auriez-vous des notes?

Il regrettait que l'influence des psychotropes ait masqué des symptômes. Il déplorait que pareille exhibition ait eu pour seuls spectateurs des glands dans notre genre.

Cet homme attentif, curieux, au regard bienveillant, a attendu de mâchonner le trognon de sa poire belle-Hélène pour me poignarder. J'avais désigné les coupables, aveuglé tout issue et, à six paragraphes de la fin du roman, le double emblouseblanché d'Agatha pointait son doigt sur l'assassin. J'étais coupable de tout, par bêtise.

Que nous ayons été trois doux dingues en marge des normes n'aurait pas dû nous dispenser de nous poser les questions de hiérarchie. Quand quelqu'un commence à pédaler dans la semoule, surtout s'il voit qu'il y pédale, il faut lui dire illico : « Passe-moi le volant! » Tarder est criminel.

La situation était dans notre cas d'autant plus limpide que Steph savait pertinemment qu'il n'avait pas les capacités. Il m'avait invité à le seconder pour cette unique raison, décidant par là qu'il ne ferait pas, lui, face. Un homme qui se sait capable ne s'encombre pas d'un censeur. Il lui avait ensuite fallu « prouver » l'incapacité qui le terrorisait fatalement depuis que le ciel qu'il s'était bricolé lui avait chu sur la calebasse. Plus je tardais à reconnaître son inavouable incompétence, plus il devait s'enfoncer loin sur le chemin de l'irrationnel. Toutes mes tentatives pour le traiter en égal travaillaient objectivement comme un effort soutenu de déstabilisation. J'étais même tellement obtus que je le traitais lui en patron et Chu en second. Je pouvais bien faire le malin en citant Melville (ou Garneray, je ne sais plus) et refuser l'île offerte.

— Pourtant une île, a priori, c'est assez gros! T'as pas vu? ironisait mon mentor, poussant ainsi son avantage.

Sa plus grave accusation était surtout pour n'avoir pas imaginé que démis et, par là, soudain inutile, il menaçait de décompenser, c'est l'instant dangereux, du b a ba! J'aurais dû savoir, j'avais négligé le rudimentaire.

— Des cafés?

— Un triple express, serré, très fort, sans eau, ça fait rien, je vais manger la poudre.

Ce n'était pas seulement les images du générique déjà vu qui venaient de fissurer mon pauvre crâne, ni même le vertige rétrospectif de mes responsabilités devant la tentative de plongeon qui aurait bien pu aboutir, le désagrément siégeait également ailleurs. Des morceaux de mer se brisaient, les couchers de soleil étaient taillés en pièces, les rigolades se muaient rétrospectivement en rires nerveux, les nuits seul à la barre se transformaient en autant d'examens de permis de se conduire, les rêves de folle liberté s'écornaient, le dernier espace de jeu était devenu un champ de mines, c'est tout cela que mon juge curetait patiemment de la pointe de son vilain petit canif. Mer pas mer on n'échappe pas aux lois de la terre, on ne fait que se priver de ses secours.

Je voyais défiler des heures raidies de froid et de trouille au milieu des rails de cargo peut-être superflues, de vains maniements d'écoutes, de sextant, de drisses, de voiles, de garcettes exigés au creux du sommeil toujours déchiré pour faire avancer un bout de bois à dix à l'heure. Les psychodrames marins s'éclairaient d'une autre lueur, ils n'étaient que dénouements de pièges tressés à terre, sombres répliques de règles de préséance, de hiérarchie ou de pouvoir. Je n'avais jamais voulu voir se maintenir sur l'eau ce qui m'y fait fuir.

Mais un bon psychiatre ne noie pas son homme. Le toubib jeta une bouée. Lui aussi gâchait ses week-ends et ses vacances à faire le jacques dans des espaces reclus sur les univers menteurs, à se tuer les pognes sur des cordages rebelles. Lui aussi se faisait myope, aveugle au besoin, pour jouir du mythe qui le faisait marcher sur l'eau, puisque toucher le soleil et chevaucher les nuages restent des jeux inaccessibles. Il lui plaisait autant qu'à moi de se sentir vigilant là où les sanctions sont plus lourdes qu'ailleurs. Il pensait lui aussi que l'école de l'eau trempe les hommes et douche les tartarins. Il aimait contester les limites et tourner le dos à un monde qui mérite que, de temps en temps, l'on mette un peu d'eau entre soi et lui. S'il trouvait que mille amarres invisibles relient à la terre les hommes flottant au large sur leur bouts de bois, il disait que, malgré tout, la flotte, y'a pas, c'est quand même la flotte. Lorsque le monde semble trop petit, il n'y a qu'elle.

Depuis belle lurette on a cessé de confier des indésirables déjetés aux nefs de fous, l'abandon de la pratique a eu le temps de voir passer de l'eau mais le souvenir demeure, la mer figure un ailleurs possible, les mal assis se portent eux-mêmes candidats, ils réclament l'exode, là se mesure le progrès.

Ce que deviennent mes compagnons? Ils font comme vous, comme moi, comme le conseillait Chu, ils se démerdent. Chu convolait avec Catherine à l'époque où j'ai joint pour savoir comment partager la ronde et généreuse obole dont le propriétaire de l'Artaban m'avait gratifié. Steph avait fait connaissance avec le petit monde des psychologues. Après en avoir récusé quelques-uns, dont il mettait en cause les aptitudes à le comprendre, il avait fini par trouver une confidente. Elle jugea un jour que le suivi ne se justifiait plus. A l'époque du traitement, j'ai joint Steph au téléphone en un lieu où je n'escomptais pas tomber sur lui. Lui ne s'attendait pas davantage à m'entendre, il ne reconnut pas ma voix. Quand j'eus décliné mon identité, il a répété mes noms et prénoms suivis de « ici aussi », me laissant supposer, avant qu'il se reprenne, que je me trouvais aux deux bouts du fil qu'il avait de nouveau perdu.

Puis, hâtivement pour les deux premiers, plus lentement pour le troisième, s'aidant des fortunes de terre pour tourner la page, chacun s'est attaché à démontrer que les égarements de l'amour sont, comme ceux de la folie, des denrées éminemment périssables.

AIDE À LA NAVIGATION

ACHEVÉ D'IMPRIMER SUR LES PRESSES DE
L'IMPRIMERIE KELTIA GRAPHIC
29540 SPÉZET
POUR LE COMPTE
DES ÉDITIONS L'ANCRE DE MARINE
35400 SAINT-MALO

—

LE 30 SEPTEMBRE 1997

—

DÉPÔT LÉGAL : 3E TRIMESTRE 1997